ベルトルト=ブレヒト

ブレヒト

● 人と思想

岩淵 達治 著

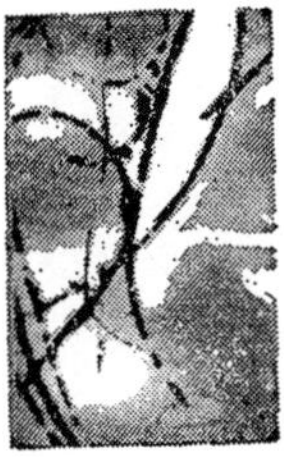

64

CenturyBooks 清水書院

はじめに――ブレヒトとわたし

ブレヒトを今世紀の偉大な思想家のひとりに数えてもまず反論する人はあるまい。だがわたしとブレヒトの出遭いは、個人の精神史にとって大きな体験となるような偉大な思想家との最初の触れあいとしてはいささか奇妙なものだった。それはブレヒトが、思想家であるよりも前に演劇人であり、演劇と思想という、ふたつ並べてみるといかにも収まりの悪い領域を結びつけようとした先駆者だったからであるらしい。わたしのブレヒトに魅せられるきっかけになったのは、まがりなりに自力で原書で読んだほんの数十ページの「演劇のための小思考原理《クライネス・オルガノン》」という演劇論だった。大学を出たばかりの一九五一年のことだった。

それに私的な事情も重なっている。学芸会以外は芝居らしきものを見たことがなかった私は戦後いっぱしの演劇青年になり、学生演劇に熱中した。戦時中の鎖国状態で海外の芸術の動きに目を塞《ふさ》がれていた反動でもあろうが、戦後の新劇は翻訳劇一辺倒に近く、新しい外国作家が続々と紹介されていた。戦時中に弾圧された新劇の傾向は概して左翼的であり（今なら公式左翼的といえよう）、戦前に定着しかけたまま中断された社会主義リアリズムの理論が主流になっていた。ソヴィエトで提唱されたこの理論を俳優術に反映していると思われたのがスタニスラフスキーの体系であり、その著「俳優修業（俳優の仕事）」は、役者志望の青年たちに聖典のように読まれたものである。

俳優志望で、学生演劇の迷優であった私も、ご多分に洩れずこの聖典を拝読したわけだが、俳優として一度も「役そのものになりきる」経験をもてなかった私は、これを読んで絶望するばかりだった。生来醒《さ》めているせいか、敗戦による価値観の転換でシラけてしまったせいか、私には役になりきる暗示や自己催眠をかける能力が欠如していた。しかし俳優の破産宣告を受けたように悩む一方では、激情的《パセチック》な熱演力演に接するとこみあげてくる不快感を抑えることができなかった。そんな頃に戦後もなおとだえていたドイツの新刊書がようやく輸入されるようになり、戦前も多少知られていたブレヒトの活躍のニュースとともに、「試み《フェルズーヘ》」と題された何冊かの著作を手にすることができた。大学ノートのような粗末な装丁の本だった。まず作品より演劇論にとりついたのは、それが短くて当時の語学力にも相応らしくみえたからである。そのなかに私は、役になれぬ役者の罪悪感を拭《ぬぐ》い去ってくれるあのことばを見つけたのだ。

「俳優にとって〈彼はリア王を演じているのではなく、リア王そのものだった〉などと評価されることは、致命的な打撃である。」

狂喜した私は、この文章をメモし、日頃私の演技に批判的な、スタニスラフスキーを信奉する芝居仲間たちに挑戦したのである。幸いブレヒトは進歩的作家でもあったから、この理論は強力な後楯になった。つまり私はブレヒトを権威として利用するという、最もブレヒト的でない誤りをのっけから犯していたのである。特に俳優が役になりきることの可否にこだわりすぎることが、後のブレヒトの誤解を助長したことを考えると、この誤りはかなり罪深いものである。

しかしその私にも、この演劇論が演技の演題にとどまらず、演劇の本質的な問題に関わるものだということは朧気《おぼろげ》ながら理解できた。それを明らかにしてくれたのは「街頭の場面」という小論文である。街頭で自動車事故が起こった。その目撃者が、後から集ってきた弥次馬たちに、時には身振りも混えながら、今起こった事故の説明《デモンストレーション》をする。演劇とは本質的にはこの説明《デモンストレーション》（実地教示）のようなものであるべきだ、というのがこの論文の骨子である。喩《たと》えて言えば、今迄の演劇とは、集った人々の前で、起こってしまった事故を、起こった通りにやり直すことだ。被害者が同じ条件で同じ被害に遭うことはありえないはずだが、やり直しと見えぬほど迫真的に事故を繰り返してみたと仮定すれば、目撃しなかった人も目撃者とほとんど同じ体験をすることにはなるだろう。だがこの疑似体験は、事故を恐しいショックとして追体験する役に立つだけで、事故の状況や原因を解明分析する役にはたたない。従来の劇場では、観客は事実と見紛《まご》う舞台上の事件に対応して一喜一憂をともにしてきた。だが事故を体験した目撃者が体験しなかった人にそれを説明する場合には、事件をその通りにやり直すわけではない。身振りも交えながら自分の意見に従って今の事件を説明的に再現するだけである。勿論再現、つまりやり直しであることを隠そうとはしない。説明される人々

（観衆）は、この説明《デモンストレーション》に基づいて事件の本質を考えることができる。もし演劇もこのような性格をとるようになれば、観客が舞台上の迫真的事件に情感的にひきこまれ、事件そのものの本質については何も考えないという態度を改められるのではないか。もともと上演（リプレゼンテーション）とは再現という意味なのだから、現実のやり直しであることを隠そうとするほうがおかしいのだ。似たような例としてブレヒトは、法廷で証人たちが行う陳述も、再現という性格が強いと言っている。

私は以前「街頭の場面」を分かりやすく説明するために、従来の演劇は、野球で判定のもつれた場面をもう一度寸分たがわぬ状況でやり直すようなもので、ブレヒトの演劇はそんなやり直しではなく、判定の論拠となる説明を加えながら、その場面を、スローモーションの動きなどを使って「再現」してみせるものだ、と言ったことがある（「悲劇喜劇」昭和38年3月号）。ところが前衛演劇の旗手、寺山修司氏は、そのブレヒトを否定するために似たようなたとえを使うのだ。氏はブレヒトまでそういう「複製芸術」のひとつと見做し、そのバカバカしさを挑発するために、野球の試合を克明に記録した劇「巨人対ヤクルト」を書いてみせる。一度行われた野球試合をその通りに復元はできないというのである。私もその点は同意見だが、それをブレヒトの批判に使うのは全く場違いというもので、「街頭の場面」の立場に立てば、寺山氏の野球劇の再現的上演は可能なのである。

ところでもし、演劇においても、俳優が街頭の目撃者や裁判の証人のように事件を舞台上で教示するならば、観客も舞台上の事件に感情的にひきこまれて無批判にそれを鵜呑みにすることはなくなり、自分自身の判断や意見を加える立場に立てるようになるだろう。その際、事件を提示する俳優も、当然役になりきってはいけないことになる。俳優が役になりきることを戒めた演技論は歴史的にみればかなりあるけれども、大抵は技術的な領域に留まっている。ブレヒトの場合には、この問題は、演劇の社会的な機能から導きだされたものなのである。俳優が役そのものになりきってしまえば、役の行動に対する批判的な立場はとれないし、観客のほうもその役の行動を一切肯定的に受けとってしまい、演劇を討論や思考の場にするというブレヒトの意図は不可能になるのだ。

だがそれでは演劇は無味乾燥になってしまわないか、という疑問が当然起こってくる。アリストテレスが「詩学」のなかで悲劇を定義して「(観客に)恐怖と同情の念を起こさせ……最後にそのような感情からの浄化《カタルシス》をひきおこす」と述べて以来、その内容についてはさまざまの解釈があるにせよ、この定義は今日でもまだ死んではいない。俗に言う劇的感動などというのもその一種だろう。ブレヒトが時に自らの演劇論を「非アリストテレス的」と呼んだのは、このような浄化や感動との決別を意識したからである。しかし演劇から情緒的《エモーショナル》な反応を一切排除することは可能なのだろうか？　それでも演劇は楽しみや慰藉《いしゃ》を与えうるのか？　この問題については「教育演劇か娯楽演劇か」という論文で詳しく扱われており、後でもう一度触れることになろう。ただ、ブレヒトの演劇を単に理性的なもの、感性を一切許容しないものと捉えるのは誤解だということは留意しておく必要があるだろう。たしかにブレヒトは「実地教示《デモンストレート》する者(俳優)は、情緒的なものは一切狙わない」

（街頭の場面）と明言しているけれども、演劇が感性的な手段を通じての教示であることは否定していないのである。余りにも感性オンリーになりやすい演劇に、理性の働く場を与え、理性的な認識の場にしようとしただけである。ブレヒト演劇の術語として有名な「叙事（詩的）演劇」や「異（常）化効果」も、演劇を理性的な営みとしても捉え直そうとするところから出発しているのである。

「異化効果《フェルフレムドゥングスーエフェクト》」という聞き慣れぬ言葉に出遭った時も、演技論からブレヒトに接近していった私は、非常に表面的にしか理解できなかった。異化とは、見慣れている対象にある手続きを施して、見る人に、おや変だなという異常《ストレンジ》な感じを与えることである。だがそれだけなら、文学の技法として以前から存在していた。ブレヒトがこの言葉を使いだしてから、異化効果（V効果）はブレヒト以前の作家（カフカなど）にも適用されるようになった。

異化はまた、観客や読者の予想や期待を裏切ることで違和感を与える手法ともいえるが、効果そのものが目的なのではなく、その効果を契機として、対象に対する新しい見方や考え方を抱かせ、新しい認識の可能性を開くことを本来の目的としている。ところが、演劇における技法だけの問題だと誤解されることが多いのである。たしかにブレヒトのいう異化効果のなかには、芝居の流れを中断させ、観客を醒ますために使われる異化がないわけではない。先に述べたようにブレヒトの演劇は、従来の演劇のように「再現」であることを隠す努力はせず、むしろ「再現」という性格を強調しようとしてきた。観客が舞台の与える幻影《イリュージョン》を真実と錯覚してその世界にひきずりこまれ、主人公に感情移入してしまうことが、イリュージョン演劇と呼ばれる従来の演劇の要請だった。こういう演劇の習慣はかなり根強いので、観客のほうも始めから演劇の世界に没入し同化する姿勢をとってしまう。だがブレヒトの劇の事件は、観客がそれを検討し批判するための素材として与えられているのであり、役と同化して人物の行動をすべて肯定してしまっては困るのである。イリュージョンはむしろ邪魔であり、時にはそれを破壊する異化も必要となる。しかしこのイリュージョン破壊は異化の一機能にすぎない。本来の異化の狙いは、われわれの先入見にとらわれ、パターン化したものの見方捉え方に刺激を与え、それによって目を開かれたわれわれが、今まで気づかなかった新しい発見や認識を行うことなのだ。ブレヒトのV効果で重要なのはこの最終過程である。

世間には、慣れ親しみすぎているために、自明で当然と思われていることが多い。異化とはそういう現象を別の視角から捉えて、当り前と思って看過ごしていることが実はひどくおかしなことだと知らせる手続きである。目からウロコが落ちるような思いでその異常さに気づいた時初めて、では本来あるべき形は何かと問い直すことになろう。この過程をヘーゲルの弁証法に当てはめて、知《べ》っている《カント》ものを知らない《ウンベカント》ものに置き換え（異化し）、それによって真の本質の認識《エルカント》に進むと説明してもよい。現在あるものが異常であれば、真に「正常」な形は何かを考える、それは「変革」につながる。異化は実は「変革する思想」のすすめなのである。

ブレヒトの戯曲がしばしば未完のような形で終わるのもこれと無関係ではない。アリストテレス以来、戯曲《ドラマ》とは「完結した形式」をもつものと定義されてきた。戯曲はそれ自体としてまとまった小宇宙をなしており、ある事件が完全に終わることによって幕を閉じる。その過程や結末について観客はいかなる異議申立てもできないし、一切の解答は戯曲のなかで与えられている。ということは、観客が上演のあとで、与えられた問題を自分で熟考し解決するというブレヒトの意図には適さない。ブレヒトの戯曲は、そこで問題を未解決のまま投げだす、オープンな(開かれた)形をとるものが多いのである。観客は浄化《カタルシス》や感動を与えられるかわりに、問題の解決を委ねられる。誇張して言えば、未解決の問題を与えられた観客は、欲求不満の状態におかれ、後から自分で解答を考えざるを得なくなるというわけだ。

ブレヒト以後の文学作品では、一般的にオープンな、解答保留の形式の方が主流になっている(ブレヒトと違って、作者自身が解答を求めあぐねている場合もあるが)。ブレヒトの方法論がこのようにひろく浸透しているのに、異化効果(V効果)についてさえ誤解が多いようだ。

最も多いのが、ブレヒトの異化を、認識行為という最終段階を含めず、ただのイリュージョン破壊の効果とうけとる誤りである。次の文章などその誤解の典型的な例である。

「前田武彦の〈話芸〉も、コント55号の掛け合いの〈芸〉も本質的にはおなじものである。ひとことでいえばブレヒトのV―効果とおなじようなもので、舞台のうえの〈芸〉の約束を解体することで〈舞台〉と〈楽屋裏〉とを同一の平面にある空間に転化し、〈リハーサル〉と〈本番〉とを同一の言語の次元に疎通させせることで、いわば〈芸〉の解体そのものを〈芸〉としているところで成り立っている。そしてときにはブレヒトとおなじように、〈舞台〉と〈観客〉ともまた同一の次元にもってこられるはずだと錯覚することで失敗をくりかえしている」（吉本隆明「情況」208ページ）。

すでに述べたように〈舞台〉と〈楽屋裏〉のしきりを取り払う手続きだけならば、すでに一八世紀末にロマン派の作家たちが試みていることで、わざわざブレヒトの異化を引き合いに出すことはないのだ。この例は日本で異化が、ただのイリュージョン破壊や楽屋落ちと同質のものと誤解されがちだったことを示している。それは恐らく、スタニスラフスキー体系で、いかに役になるかという問題にとり組んできた新劇の俳優たちが、その反作用として、ただ役からおりて自分の素顔をみせるという点だけで異化を捉えてしまったせいだろう。わたしが自分の誤ったブレヒトの受容史から話し始めたのも、ブレヒトという作家が本質を理解されぬままに、一時的な流行現象として日本を通りすぎてしまう傾きがあるのが残念だからである。

ブレヒトを語る時に避けることのできない基本的な問題は、芸術と政治のかかわりである。ブレヒトのめざした認識は、世界を変革する必要性という方向を与えられており、異化の対象としてとりあげられている現象は、社会的な要因によって規定されている。一九五〇年代から六〇年代にかけての政治的な季節に、ブレヒトが日本の劇界に強く働きかけたのは、そういう政治的な姿勢のためであるが、政治離れの七〇年代に入ると、公式的な政治作家と同じように早くも忘れ去られようとしているのは、ブレヒトにおいて政治と芸術が分かち離く結びついている点への関心が薄く、皮相に政治的に受けとっていたからではなかろうか。異化を単なる技芸上の問題と考えるのと同じように、ブレヒトの政治姿勢を芸術の問題と切り離して考えることも誤解を生む。ブレヒトの政治姿勢が芸術的な立場と矛盾相克をきたしたと結論するエスリンのような見方は不毛であり、その矛盾を克服しようとした血のにじむような作業の過程を辿ることこそ今日的な意味をもつと思う。ブレヒトは政治作家というより、自分の生きた時代に誠実に対応しようとした作家である。今世紀前半の激動の時代にかかわりながら芸術活動を続けることが、彼に必然的に政治的な姿勢をとらせることになったのである。亡命中に彼はこう歌った。

僕のなかでは／花開いたリンゴの樹を見る感激と／ペンキ屋（ヒトラーのこと）の演説を聞いた驚きとが争いあっている／そして僕を書斎机に駆りたてるのは／この驚きのほうなのだ。

ブレヒトが別の時代に生まれていたら「花開いたリンゴの樹」の美しさに詩的感興をそそられて、純粋に芸術的な詩を書いたろうかなどという問題は提起しても意味のないことである。それよりもヒトラーの演説についての驚きを作品の対象にせざるをえなかったブレヒトが、いかにしてこの対象を芸術的な形式に扱いうるかという問題で、苦闘を重ねた跡を知ることのほうが重要だと思われる。これこそ〈政治作家〉ブレヒトの芸術の問題である。そういう意味でこれから彼の生涯と作品を特に生きた時代とのかかわりにおいて見てゆくことにしてみたい。

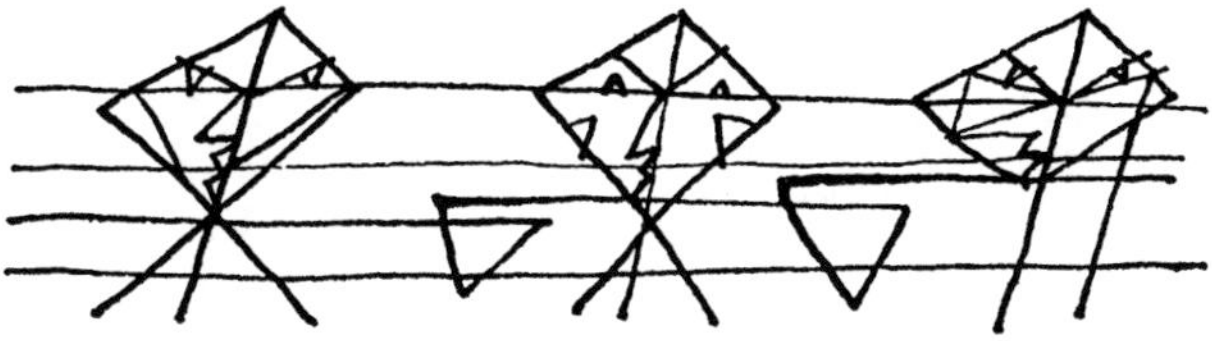

目次

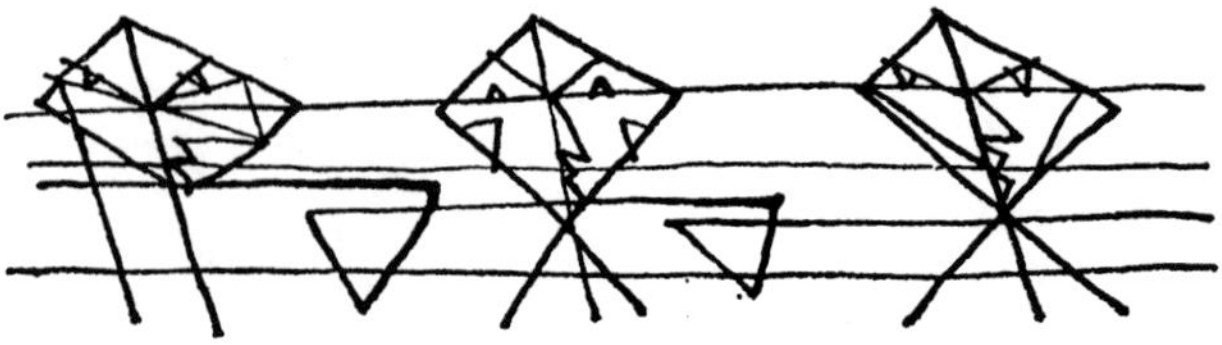

Ⅳ　実践の途上で

スウェーデン
カテガット海峡
デンマーク
大ベルト海峡
シェラン島
コペンハーゲン
フューン島
小ベルト海峡
スヴェンボリ
ローラン島
フィンランド
スウェーデン
タンペレ
(タンメルフォルス)
ヘメーンリンナ
(タヴァストフース)
ヘルシンキ
ストックホルム
デンマーク
コペンハーゲン
スヴェンボリ
イギリス
ロンドン
ソ連
西ドイツ
東ドイツ
ベルリン
ポーランド
ワルシャワ
フランクフルト
ドレスデン
パリ
アウグスブルク
ミュンヘン
プラハ
フランス
ウィーン
チューリヒ
ザルツブルク
ミラノ
ルーラヴァンドゥ
ローマ

ブレヒト関係地図

I

ブレヒトの旅立ち

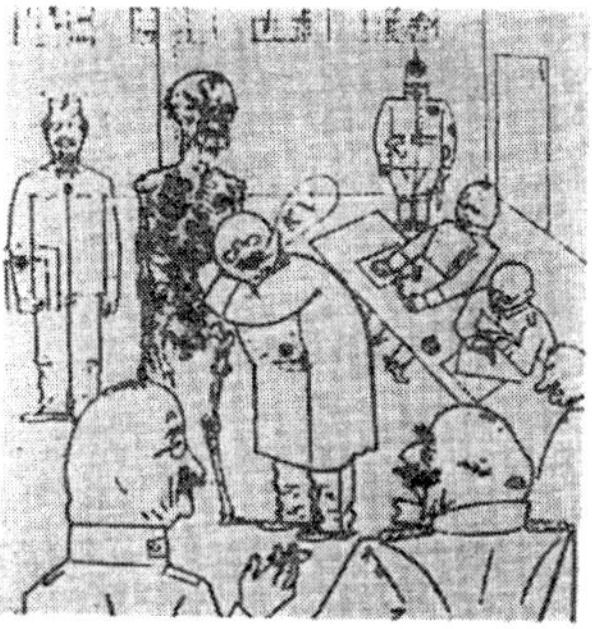

ドイツとブレヒト

「ドイツ的」なブレヒト　当然のことだが、辞典でブレヒトの項目をひけばまず「ドイツの劇作家」と書いてある。だが手っとり早くブレヒトを把えようと思ったら、「ドイツの劇作家」ということばから連想されるものと正反対のイメージを描くといいかもしれない。ドイツの劇作家というイメージにまさにぴったりなのがフリードリヒ＝シラーだとすると、ブレヒトはまさに反シラー的であり、その対極に置いてもおかしくない。スイスの劇作家デュレンマットがブレヒトをシラーと同系列の作家と見做《な》したのは、通念の逆手をとった発言である。ブレヒトほど逆説のあてはまる作家は稀だと思うが、ブレヒトは最もドイツ的でないという点でドイツ的だとも言えそうである。

「ドイツ的」とは何かという問題は、発想じたいが類型的だけれども、かりに「ドイツ的」から＜観念的思考＞を連想するとすれば、ブレヒトはまさにその逆である。「ドイツ人にかかると唯物論さえ観念的になる」とブレヒトは言ったが、彼はまず現実的な地に足のついた思考を実践した人であった。だが観念を否定したわけではない。観念性を克服するために、まず反対の唯物的ともいえる立場をとったのであって、最後にはこの対立を止揚する方向をめざしている。こういう弁証法的な立場はきわめてドイツ的であり、先に見た「異化」も弁証法的な変革の過程といえるであろう。日本ではブレヒトは難解だ、とよく言われるが、ブレヒトが闘ってきたのは無内容なものを難解にみせるような観念性であった。ブレヒトも考えることを薦《すす》めた思想家であるが、それは好奇心を持ちあわせる人なら誰でも「楽しみ」になるような思考の薦めなのだ。

ところでわれわれは、ドイツという言葉から、東西に分裂した今日のドイツはともかく、すぐ統一した国家を連想しがちだが、そのような統一国家は、近世では一八七一年から一九四五年までしか存在したことがない。「ドイツ民族による神聖ローマ帝国」という名目だけは一八〇六年まで存在したけれども、ドイツとはあまたの領邦国家の連合体でしかなかった。一八七一年普仏戦争の勝利を契機に、オーストリアを除き、プロイセン王を皇帝とするドイツ帝国が成立して、はじめて統一が達成されたが、領邦国家の自主性、地方分権的な特色はほとんど失われなかった。これはドイツ文化を考える場合にも無視できない要素であり、作家の出生地や活動の場所もかなりの意味をもってくる。

ブレヒトの「血統書」

オイゲン＝ベルトルト＝ブレヒトは一八九八年二月一〇日アウグスブルクに生まれた。ここは一八〇六年以後はバイエルン王国に帰属する町だが、両親の家系は黒林《シュワルツワルド》の出身であるから、多くの作家や思想家を生んだシュワーベン地方の血筋と

ブレヒトの祖父母（右の写真）と両親と弟

考えてよい。自伝的な詩「哀れなＢＢ」でブレヒトは、

僕、ベルト＝ブレヒト、黒林の出身／母は僕を身ご
もって都会に搬入した

と歌っている。黒林地方で受胎されたブレヒトは、父親の転勤のために、アウグスブルクで生を享けることになる。ここは大都会とはいえぬ人口九万（当時）の町だったが、かつては帝国直属の自由都市として商工業の中心をなし、一六世紀には大金融資本の先駆というべきフッガー家がヨーロッパの経済を支配したという歴史をもっている。

父ベルトルト＝フリードリヒ＝ブレヒトはハインドル製紙工場に勤め、営業関係の支配人にまで栄進した刻苦勉励型の人であった。市民として尊敬をうけ、趣味としては合唱と釣のクラブの会員であり、典型的なプチ－ブルジョワだったといえよう。二歳年下の弟ワルターは、父の影響か製紙学を学び、後にダルムシュタット工大の教授となった。ブレヒトの面影を留めている父方の祖母カロリーネ＝ブレヒトは、小説「年寄の冷水」のモデルになっている。石版印刷所を経営する夫に仕え、五人の子供を育てあげる忍従の暮しを送ってきた主婦が、七二歳で夫を失うと、突然変身したように好き勝手な暮しを始める。当時の市民のモラルからみるとこれは老女にふさわしくない行為であり、成人した子供たちは激怒するが、彼女は平気で自由な（といっても実は慎ましい自由なのだが）第二の人生を満喫し、二年後に大往生を遂げる。この老婆の思いもかけぬ反逆ぶりに、市民階級の慣習に挑戦した若いブレヒトの面影が認められるのである。

　ブレヒトの父はカトリックであったが、母ゾフィーは新教《プロテスタント》で、ブレヒトは母の宗旨に従って洗礼を受けた。アウグスブルクは一五五五年に宗教和議の行われたところで、宗教的寛容の気風があったらしい。生家は下水といえそうな堀割に面した小さな家だが、二歳の時郊外のレヒ河に近いブライヒ街二番地の社宅に移った。亡命中の詩「当然の理由によって追われて」のなかでブレヒトは、

　僕は裕福な家庭に育った／両親は僕にハイカラーをつけさせ／人にかしずかせる習慣に僕を育てあげ／命令の仕方を教えた

ブレヒトの生家（アウグスブルク）　壁にネーム－プレートがある。

と回想しているから、家庭は少なくとも中産階級の上という暮しむきだったのだろう。

高校生活の点描

ブレヒトの成長期はカイゼル髭《ひげ》で有名なウィルヘルム二世が、列強におくれたドイツに「日の当る場所」を獲得させるために露骨な帝国主義政策を強行していた時期である。農業国であったドイツは指折りの工業国に躍進し都市への人口集中が始まった。ブルジョワは富を蓄積したが、一方社会民主党も着実に地盤を拡げていた。海軍力の拡大競争を背景とする軍国主義的な時代に、虚偽の理想主義による偏狭な愛国教育が行われたのは当然であった。

ブレヒトは四年制の小学校を終えると、九年制の実科高等学校《レアルーギムナジウム》に入った（当時はこの時点で大学に進学するかどうかが決定されてしまった）。ギムナジウムには古典語を重視する人文系と、近代語理数系に比重をおく実科高校とがあり、ブレヒトは後者を選んだのである。後に「亡命者の対話」のなかで回想しているように、古いモラルに従い、詰め込み教育の行われる学校生活は、自ら考えようとする者には苦痛だった。晩年の作品「家庭教師」には、「生徒を自分の似姿につくりあげる」ことを理想とする分教場の教師が登場して観客をぞっとさせるが、この人物には担任教諭だったヘルンライターの面影が投影されているという。観客に好奇心を与え、積極的に知的な追究を行うように刺激する彼の演劇の成立には、彼のうけた学校教育が反面教師の役割を演じたともいえよう。文学的には早熟で、現在みられる最も初期の詩「ハゲタカの木の歌」は一四歳頃の創作である。第一次大戦が勃発した時、一六歳のブレヒトが愛国的な詩を書いているのは、後に装置家として協力者となった級友カスパー＝ネーアーが、学業を中絶して志願兵として出征したことを考えても、無理もないことだ。しかし大戦が長びくにつれて次第に戦争に対して批判的になり、一九一六年には、ローマの思想家ホラティウスの「祖国のために死ぬことは甘美かつ名誉である」という句を標題にした課題作文では、こんな宣伝文句に乗って虚栄心から英雄的な戦死を遂げるものは愚か者だ、という論旨を展開し、好意的な教師のとりなしがなかったら放校処分になったところだという。

「泡沫」グループ

ブレヒトは終生そうであったように、この頃からグループの中心人物であった。根城である両親の家の屋根裏部屋は、ネーアーをはじめ初期のブレヒトの詩にオルゲという名ででてくるゲオルク＝プファンツェルト、後に回想録を出した医師のミュンステラーやミュラー＝アイゼルトなどの溜り場だった。この悪童連の行状は、しばしば田舎町の善良な市民の眉をひそめさせたが、父は比較的寛大だった。この時期にそろそろ現れてきた表現主義の作品のなかには、彼の友人ブロンネンの戯曲「父親殺し」に端的に示されるような父と子の衝突をテーマにしたものが多いが、ブレヒトにはこの主題はそれほど見られない。

第二次大戦の体験者からみると、ブレヒトの高校生活は戦時中にしては優雅にみえる。前線では大殺戮が行われていても、国内の生活は直接脅威にさらされることはなかったから、その点では前線で戦ったものと国内に残留したものの差は、全体戦である第二次大戦よりはるかに大きかったはずだ。ブレヒトがベルトルト＝オイゲンの筆名で書いた詩は一九一五年に初めて小さな地方新聞に載ったが、こうした初期の詩に自分で曲をつけ、夜の街を高歌放吟することもあった。「泡沫《ブラーゼ》」と称する彼のグループは、レヒの河原やペルラハ塔、スケート場、アウグスブルク名物の春秋二回の歳の市《プレラー》などに出没した。特にメリーゴーラウンドの廻るプレラーの広場では、どぎつく描かれた歴史的な大事件の絵を杖で指しながら、大道歌手が面白おかしく説明を加えていく。こういう印象は、あの有名な「三文オペラ」の殺人物語大道歌《モリタート》のなかにも跡を留めている。文化と教養の殿堂という使命をもつ市立劇場の提供する高尚な「演劇芸術」はもはや彼らには魅力的なものではなかった。

市民社会への反感

ブレヒトよりやや上の世代の表現主義の作家たちも、既成芸術のヒューマニズムの虚偽性を感じとり、否定の叫びをあげたが、彼らの芸術が抽象化し、別の観念性に陥ったのに対して、ブレヒトは具象性から離れることなく、従来の高尚な文芸からは低俗とみなされている大衆的な芸術形式と直接に結びついているところがある。教養的な文学知識は授業でいやでも聞かされることになったが、ドイツ文学では当時はまだ異端であったグラッベ、ビューヒナー、ヴェーデキントなどの作品に親しんだ。初期の作品では市民社会からはじきだされている浮浪人、アウトロー、犯罪者などがよく扱われ、冒険やエキゾチズムへの関心も強い。放蕩無頼の詩人ヴィヨンや天才ランボー、インド植民地を描いたキプリングの作品などに惹かれたのも、市民社会に対する反感からである。

ブレヒトの処女戯曲は一六歳で執筆した「聖書」で、旧約のユーディットの物語を下敷きにしているが、この作家が意外にも引用やパロディを自由に行えるほど聖書に通じていたのは、「民衆の語り口を観察した」といわれるルターの聖書訳文体への関心かららしい。

「火水人」ブレヒト

高校時代の逸話には、彼の人柄を窺《うかが》わせるものが多い。ブレヒトには彼の作中によく登場する狡智《こうち》にたけた人物を思わせるところがあるが、その狡《ずる》さは次の事件にもみられる。フランス語が得意でなかったブレヒトは、ある時赤線だらけの答案を返された。そこで彼は一計を案じ、正しい部分にも自分で赤線を沢山書き加え、何くわぬ顔で教師に理由を尋ねたので、教師は自分のミスと思い、その数だけ加点してくれたというのである。

この頃からブレヒトの創作の相談相手だった学友で後の舞台美術家カスパー＝ネーアーはブレヒトを描いた肖像画に「火水人」という題をつけている。幻想や情感にひたる熱し易い面と、理性的な醒めた面を兼ね備えた人という意味であろうが、のちに弁証法の演劇を唱えたブレヒトがこういう矛盾像としてとらえられていることは興味をひく。

晩年まで女性の崇拝者や協力者に事欠かなかったブレヒトは、女性に対する関心も早くから示したが、例えば美容師の娘ローザ＝マリー＝アーマンは、ブレヒトの詩「マリー・Aへの回想」によって名を残すことになった。

　あのアンズの樹々は今もまだ花盛りだろう／そして彼女にはもう七人も子供がいるかもしれない／でもあの時の雲は数分間盛りをみせただけで／僕が顔をあげるともう風に消えていた。

この絶望的な無常感は初期の詩の基調である。ブレヒトの生誕八〇年目にある新聞が職人の妻としてひっそり余世を送っている彼女をさぐりあてて記事にしたのは無残であった。読書はときかれた彼女は、たまに駅のキオスクなどで売っている読切小説を読む程度と答えていた。この頃のブレヒトが数人の女性に同じ詩を捧げたという話は微笑ましい。高校上級の頃から交際しだした、ビーと愛称されるパウラ＝バンホルツァーは医師の娘で、今風にいえば彼の息子の未婚の母となった。

ミュンヘン大学へ

戦時措置の繰り上げ卒業で、一七年春（平時は夏）、高校卒業（大学入学）資格を得たブレヒトは、勤労奉仕に動員された。このころ前線から帰ってきた友人ネーアーから砲撃によって生埋めになった体験談を聞き、いよいよ死刑判決（召集）の近づくのを知った。

一〇月にミュンヘン大学哲学部（次の学期医学部に転科）に入学したブレヒトは、当分の間、初めての大都市とアウグスブルクを往復する二重生活を続ける。だがこの大都市の提供する演劇芸術も、ブレヒトをして「僕は芸術的理由で劇場は閉鎖した方がいいと思う」と言わせただけだった。大学では演劇学の草分けといわれるクッチャー教授の講義にも顔を出した。この名物教授は、現代文学は扱わないという当時の独文学の狭いしきたりを破り、現代作家を講義に招いて朗読させ、恒例のゼミのパーティにはブレヒトの私淑する劇作家ヴェーデキントも姿を見せた。エロスの解放という尖鋭《せんえい》な主張によって有名だったこの反俗的詩人は一八年三月に盲腸の手術がもとで急死したが、鋼《はがね》のような声をもつこの強靱《きょうじん》な詩人の死はブレヒトには大きなショックだった。ヴェーデキントを個人的に追悼するため、彼の詩を放吟しながら夜の街を流し歩くだけでは足りず、ミュンヘンの埋葬式に参列したブレヒトは「黒鳥のような喪服の人々は／この魔術師《べてん》をなかなか埋葬できなかった……」という詩を書いている。熱狂的な弟子のラウテンザックが師の墓穴にとびこみ、それ以後発狂してしまったという有名な事件をブレヒトも目撃したのだろう。だがこういう野辺送りのやり方は、強靱だった故人には適わしくないと言いたげである。

表現主義とは

ヴェーデキントはしばしば表現主義の先駆者といわれたが、厳密にいえばそれはブレヒトを表現主義から出発したと規定するのと同じように誤りである。ブレヒトが生まれた頃は、革新的な芸術運動であった自然主義はすでに衰えていた。自然科学のように客観的に現実を観察記述し、因果律によってそれを分析する方法を試みた自然主義は、現実と遊離した観念的な芸術の虚偽性を暴《あば》き、芸術を崇高な美の世界のみに奉仕する審美的、教養的な枠から解放して、今日《こんにち》只今の社会問題にも目をむけさせた。しかし現象を分析して真実に達することには限界があり、また表面描写に徹することは演劇ではイリュージョンを強め、無味乾燥な些細主義《トリビアリズム》に陥ることにもなる。

表現主義の運動は、自然主義のこうした欠陥を批判するさまざまな新しい運動を総括するような形で、一九一〇年前後から散発的に始められた。客観的な自然主義とは違って、主観的な傾向の強い表現主義は、まず個々の若い作家たちのなかで、古い世界を否定する私的な感情の表出という形で現れてきたので、初めは集団的な運動の形はとらなかった。新しい世界の到来、新しい人間の誕生への待望は、主観的な自己表現という形で作品化された。自然主義が客観的な表面描写に陥ったため、かえって永遠の本質を捉えていないという表現主義の主張にはたしかに正しいところもあるが、普遍的な真理に到達するために具象的な対象はすべて切り捨てて、自己の内面の情緒的な表出や抽象的な表現だけに終始している点ではドイツ的な観念主義の欠点を強めることにもなった。もともと印象主義の対立概念として美術の分野から生まれた表現主義は、舞台美術の上では画期的な意味をもっている。それは舞台から、現実を模写したような装置を追放し、イリュージョニズムの演劇を完全に否定したことである。舞台の空間は現実の空間とは別のものだという発見は、非現実的、幻覚的な新しい空間を創造した。赤裸々な自己の内面をさらけだす人間たちが登場し、極端に単純化抽象化された科白《セリフ》を語った。抽象的な舞台は、文学的な表現主義がすこし下火になる一九二〇年代前半の舞台を支配するようになった。

純粋な表現主義世代は、ブレヒトより四、五歳年長の、大戦によって最も被害を受けた人々が多い。彼らは、戦争体験によって愛国主義者から反戦主義者に変貌しても、やはり理想主義的で熱狂や陶酔を失わぬ傾向がある。若いブレヒトは、過去の芸術を否定し、詩的な幻想に富む想像力や抒情性において表現主義と共通する部分も備えてはいるが、一方ではつねに醒め、現実を直視し、具象性から離れることはなかった。大戦後に出発したブレヒトの世代の作家たちは、黒い表現主義、つまり理想主義を欠き、皮肉やグロテスク味の強い表現主義と定義されることもある。醒めているという点ではブレヒトは、表現主義の先行者といわれる挑発者ヴェーデキントや、グロテスクに市民階級を嘲笑したシュテルンハイム、冷静に思想を戯曲化したカイザーなど、もう一世代上の作家たちにより強い関心をもっており、ヨーストやトラーのような、典型的な表現主義劇作家とは始めから距離をもっていた。

処女作「バール」の世界

一八年三月にブレヒトは、後にナチスの御用作家になったハンス＝ヨーストの「孤独な人」の上演を見た。世に容れられぬ天才作家グラッベの破滅をヒロイックに描いたこの作品は、彼に反作品の創作を思い立たせた。ある作品と正反対の発想で執筆される反対作品《ゲーゲンエントヴルフ》とは、ブレヒト的な発想で、常識的な作品に対する反論、異議申し立てという異化的性格をもっている。はじめヴィヨンを主人公にする反作品を考えた彼は、最後にはバール（本来は旧約に出てくる異教の日の神である）という名の、詩的才能と、強靭な生命力をもった反社会的な現代の浮浪者を主人公に選んだ。反俗的利己的な主人公に一方では共感を示しながら、幕切れでは彼を動物のように野垂《のた》れ死にさせ、それを冷酷につき放して描いているところが特色である。

絵巻物風に野性児バールの放埒《ほうらつ》な生涯が描かれてゆく。詩才を認められたバールは、彼の作品の出版を引き受けたパトロンの文学サロンに招かれるが、非礼を働いて追いだされる。彼に惹かれて後を追ってきた富豪の夫人を辱しめ、崇拝者の青年の恋人を強奪して捨て、絶望した彼女をオフィリアのように身投げさせる。バールは居酒屋で自作の詩を歌って馬車ひきたちに喝采される詩人であるが、そこで知りあった青年エーカルトに、放浪の旅への誘いをうける。バールは突然ものに憑《つ》かれたように街頭からさらって来たゾフィーを愛人にし、エーカルトと三人で旅に出、大自然のふところにとびこむ。だが子を宿したゾフィーが足手まといになると、冷酷に彼女を捨て去る。ある居酒屋でエーカルトに嫉妬を感じ、彼を刺し殺してしまう。この関係はヴェルレーヌとランボーの同性愛事件を連想させる。お尋ね者になったバールは森林労務者のなかに身を隠すが、そこで生命力を使い果たしてみじめに死ぬのである。

劇の巻頭を飾る「偉大なバールの頌歌《コーラル》」はこの自然児の世界を歌いあげている。

白いお袋の胎《はら》でバールが育っていった時
空は静かに広々と鈍色《にびいろ》に拡がっていた
若くまるはだかで途《と》方《ほう》もない空
バールが生まれでると愛したのもそのような空

野人バールはこういう自然と合一する能力も備えた男で、地球を好み、最後の一滴まで貪婪《どんらん》に享楽をむさぼる。

星空でバールの屍体を狙っている
肥った禿鷹をバールは薄目を時々あけて見上げる
時には死んだふりをし、禿鷹が舞いおりてくると
バールはそいつを夕飯にして黙って舌鼓をうつ

これほど強靭に、禿鷹を餌にしてまで生きのび、あまたの他人を犠牲にして恥じることがなかったバールも、遂に野垂れ死にし、腐敗して大自然の有機過程に組みこまれ、土に、大地の胎内に還

っていくのである。

ドイツの敗戦

およそヒロイックでない無頼漢の劇「バール」は、召集を目前にしたブレヒトが一月足らずで書きあげた作品である。ロシア革命の勃発によって東部戦線は好転したが、一八年春からドイツ軍が西部において試みた大攻勢は八月のアミアンの敗戦を境に戦局を悪化させた。すでに上層部では休戦が検討されていた一〇月にブレヒトは召集を受け、訓練期間を終えると衛生兵としてアウグスブルクの陸軍病院に配属された。伝染病と性病の患者を収容する病院で、しかも幸運にも一月あまりでドイツは敗戦を迎えることになった。戦死した兵卒が、まだ「戦闘可能」と判定され、軍服を着せられて前線に送られるというグロテスクな反戦詩「死んだ兵士の伝説」が書かれたのはこの頃だが、重傷兵を看護した体験から、この戦争の悲惨を批判する詩が生まれたという説はあてにならない。敗戦と同時にドイツ各地の状況に倣って、病院内にも兵卒評議会が組織され、ブレヒトも一時委員だったらしい。

ドイツ皇帝はオランダに亡命し、バイエルンでもウィテルスバハ王家が倒れた。一九年一月にはベルリンで共産党の前身スパルタクス団が蜂起したがすぐに鎮圧され、女闘士ローザ＝ルクセンブルクとカール＝リープクネヒトが虐殺された。この事件を背景とした戯曲「スパルタクス」（のちの「夜うつ太鼓」）はすでに二月に初稿が完成している。ブレヒトは、この頃、社民党より左の独立社会党（USPD）に、通称「地獄の百合《リリー》」という女党員リリー＝クラウザーとその夫プレームを通じて関心をもつようになっていた。バイエルンではUSPDのアイスナーが少数党ながら州政府連立内閣の首相となったが、二月二一日に彼が右翼の青年士官に暗殺されたことから政情が騒然としてきた。勢力をもっていた労農兵評議会《レーテ》は、保守勢力と妥協して新内閣をつくった社民党のホフマンの政権を退陣させ、ドイツでは最初の評議会《レーテ》（ソヴィエト）共和国を成立させたのである。表現主義の熱烈な反戦作家でアイスナーに私淑していたエルンスト＝トラー、ユダヤ人作家ミューザームや哲学者ランダウアーがその中核となり、人道的な理想を掲げた〈文士の〉共和国が誕生したが、彼らは現実政治に適応力をもたず、やがて機会を待っていた共産党の指導者レヴィネに政権を譲ることになる。しかしそれも束の間で、評議会《レーテ》共和国は成立後五〇日で、ドイツ各地から派遣された義勇軍団によって、五月一日に潰滅《かいめつ》してしまうのである。この間に人質処刑事件や、鎮圧後の反動側の報復処刑など、忌まわしいテロが荒れ狂った。

トラーとブレヒト

ブレヒトより五歳年長のトラーの生き方は表現主義作家の一典型である。ユダヤ系であるために愛国心を示そうとして学業を中断して志願兵となり、戦場で何度も死線をくぐった。この体験が彼を熱烈な反戦主義者に変身させた。独立社会党に入党してストライキを指導し逮捕されたが、反戦詩人としても有名になった。評議会共和国に代表者として参画し熱狂的な演説によって人々を魅了したので、共産党が実権を奪った後も彼だけは要職に留まった。結局は彼の人道主義は、職業政治家レヴィネの冷酷な現実主義と対立したが、その対立を解決しないうちに評議会共和国は瓦壊した。レヴィネは死刑となったがトラーは情状を酌量《しゃくりょう》されて五年の禁固刑を宣告された。その獄中で書きあげた自伝的な戯曲が「変転」であり、幕切れにはヒューマニスティックな革命の讃歌が歌いあげられる。後に彼は革命とゲバルトの矛盾を主題にした「群集―人間」のような作品も書いているが、恐るべき現実の挫折を体験しながらなお「変転」にみられるようなみずみずしい理想を失わずにいられたのである。後年彼が亡命地アメリカで自ら命を絶った弱さも、実はここに潜んでいたのではないだろうか。

戦場を経験しなかったブレヒトは、サウロがパウロに変身したように突然革命家に変身したわけではない。ブレヒトが亡命期を生き抜いていけた強さには、彼のもちまえの狡さもさることながら、直情径行《けいこう》的な行動がみられないためであろう。この時期のブレヒトは、革命運動に対しては関心を示すに留まる。矛盾を含む「赤軍兵士の歌」（七〇年安保の頃日本の学生たちに歌われたこともある）はこのころの詩作である。ブレヒトはアイスナー暗殺の翌日ミュンヘンに行き、葬儀にも参列し、評議会共和国の成立期はそこで送った。彼の故郷アウグスブルクも一時評議会共和国の傘下にあったが、ここは四月二〇日には早くも義勇軍団に奪還された。ブレヒトは追われる身になった「地獄の百合」の夫プレームの逃亡に手を貸してやったというが、ミュンヘン攻防戦の砲声が轟くころは、

ブレヒトとビー

乗馬練習で落馬したために床を離れることができず、「バール」の改稿に余念がなかった。後にブレヒトがトラーの「変転」に厳しい批評を記しているのは、トラーの事情を考えれば酷のような気がするが、作品の弱さの指摘は的をついている。

ブレヒトが「スパルタクス」を携えて新進作家フォイヒトヴァンガーを訪れたのは、評議会共和国の崩壊前のことだった。即物的な文体で、歴史的な題材を借りて現代を諷刺することの巧みだった四歳年長のこのユダヤ系作家は、直ちにブレヒトの才能を見抜いたが、ブレヒトは「スパルタクス」は金のために書いた作品で、読んでもらいたい作品は実は「バール」なのだと打ち明けた。「バール」に感嘆したフォイヒトヴァンガーは、直ちに出版に骨折ってくれたが、露骨な描写が検閲に触れることを恐れた出版社が尻ごみしたため、刊行は見送りになった。しかしこの先輩は以後ブレヒトのよき忠告者協力者として留まり、むしろそれによって有名になる。

ミュンヘンには旧秩序が回復したが、大学の開講は延期された。七月の末ブレヒトは相変わらず自宅とミュンヘンを往復していた。

にビーが男の子を産んだ。ヴェーデキントに因んでフランクと名づけられたこの子は、世間態のためか生まれるとすぐアルゴイの在に里子に出され、のちに結婚したビーに引きとられて第二次大戦中ソヴィエトで戦死する

寄席芸人ヴァレンチン　この頃ブレヒトを魅了したのは、現在でもミュンヘンに銅像が立っている寄席芸人ヴァレンチン（現地ではファレンティンという）の演技である。バイエルン方言による彼の寸劇は、相手に限りなく質問を浴びせて突然人の足元をさらうというような、奇抜でグロテスクな技法をもっており、「異化」にも通ずるところがある。本当に大衆に愛されたこの芸人の小屋にブレヒトはしばしば通いつめ、有益な忠告を求めた。故郷の町のプレラーと同じようなミュンヘン名物の一〇月祭で、テレージエン原に設けられたこの芸人の小屋の前でクラリネットを吹くブレヒトの写真が残っているのは微笑ましい。彼はまたヴァレンチンのために数篇の茶番劇（「彼は悪魔を祓《はら》う」「魚獲り」「闇の光明」「乞食と死んだ犬」「小市民の結婚式」）を書いている。

ブレヒトはまたこの年の秋から、アウグスブルクの独立社会党機関紙「民衆意志《フォルクスウイレ》」に、市立劇場の劇評を執筆するようになった。二十《はたち》そこそこの大学生に劇評を書かせるというのは日本では考えにくいが、地元だけで読まれるローカル新聞の多いドイツではそれほど珍しいことではない。そのおかげでわれわれは、若いブレヒトが既成演劇（の地方版）にどんな批判を加えたかを知るこ

とができるのである。劇評は新聞が休刊になるまでほぼ一年続けられたが、〈低級芝居《ザウシュテュック》〉「アルトーハイデルベルク」を筆頭に（今日のドイツでは専門家にしか知られていない忘れられたこの劇は日本では不思議にまだポピュラーである）、ほとんどの上演が痛烈に罵倒《ばとう》されたので、遂には彼にあてて市立劇場総務局の公開状が発せられたほどだった。それに答えてブレヒトは、自分の批評は、ひどい仕事にあくまでも固執しようとする劇場の強固な意志を記録しようとしたもので、この仕事ぶりに対してはこれが最適な尺度だと思うと答えている。アウグスブルクの田舎劇場だけでなく、大都市ミュンヘンの既成劇場からも、刺激を与えられるような上演に出会うことは稀だった。ストリンドベリ、カイザーなどの戯曲、デーブリンの小説の斬新な形式が彼の関心を惹いたが、部分的に発表されたトーマス＝マンの「魔の山」については、閑人《ひまじん》たちの死との遊戯というような辛辣《しんらつ》な口調で片付けている。ブレヒトにとっては、マンは常に打倒すべきブルジョワ文学の典型であり続けた。

母の死とプリマドンナのマリアンネ

二〇年春にブレヒトははじめてベルリンを訪れ、地下鉄のあるほんものの大都会に接した。「一切のものが恐ろしいほど無趣味に詰めこまれているが、そのスケールはすごい」と友人に手紙している。ベルリンから帰る日が、カップ将軍のクーデター失敗の日と重なった。ワイマール共和国は、社民党の大統領エーベルトの軍部や財界との妥協によって維持されてはいたが、以後こうした右翼クーデターにしばしば脅かされることになる。ベルリン滞在は数週間であったが、ブレヒトは多くの知人を作り、将来の活動の足場を固めた。

二〇年五月に母ゾフィーが癌で世を去った。まだ五〇前だったが、闘病生活は長かった。

地面に重みをかけぬほど軽くなった母／これだけ軽くなるのに、どれだけの苦しみが要ったのだろう（詩「母に」）。

ブレヒトにはマザー＝コンプレックスの傾向があると指摘する人がいるが、確かにこの母とは、暗黙の諒解のような深い愛情で結ばれていたようだ。「われわれは何も言わず、必要なことだけでとどめあった」（「私の母のうた」）。市立劇場のスター歌手で、作家ツォフの妹であるマリアンネ＝ツォフにブレヒトが惹かれるようになったのは、五歳年上の彼女に母の面影を求めたからかもしれない。

ブレヒトは他の女性たちと較べるとビーの素直さを愛しており、時には彼女とフランクの様子を見に近郊の里親のところに出かけることもあった。多くの作品プランをかかえ、精力的に文学的な活動にのめりこんでゆくうちに大学への通学は稀になった。七月の日記には、庭のリンゴの実を盗んだ泥棒を弁護したことから父と口論したことが記されている。「パパはお前がこれまで世のため人のためにしたことがあったら言ってみろ、まだ何もしていないじゃないか、医学部前期試験だって五年かかっても通りゃしないだろう（普通は二年）、たまにはまともな仕事をしてみせろ、文学作品を書いたと称しているが、あんなものはわしからみれば無価値だ、と言った。僕は急いで家をとび出した。僕はまだ一文も稼《かせ》いでいないのだ。」

マリアンネ　抱いているのが後のハンネ＝ヒオプ

これがマリアンネとつきあいだした頃のブレヒトの状況である。派手なプリマドンナの彼女にはパトロンがいた。レヒトという仕込杖やナイフをちらつかすこの怪しげな男に、彼女は厭気がさし、若いブレヒトのもとに走ったのである。嫉妬に狂った男との間に鞘《さや》当てが演ぜられたこともあり、彼女との結びつきは始めから祝福されたものではなかった。彼女から妊娠を告げられた時、彼は〈喜びと首を締めつけられるような〉感じを覚えた。彼女は乱れた生活によってもう子供の生めぬ身体だと思われていたのだ。ブレヒトは舞台で「コシーファン－トゥッテ」を歌う彼女の美しさには惹かれながら、彼女の言う通り結婚する決心もできず、また無収入の身で家族を養うあてもなかった。この望まれぬ子はおろされてしまったが、それでもマリアンネは二二年一一月に彼と結婚し、二三年三月に女児ハンネを生む。後年ブレヒト劇にもしばしば主演するようになった女優ハンネ＝ヒオプである。だが結婚した時期には二人の仲はすでに冷えきっていたように思われる。

二一年には小説「バルガンの成行まかせ」がミュンヘンの「新メルクール」誌に掲載された。広範囲の読者に知られる最初のチャンスであった。海賊の主領バルガンが、どこからみても取柄のない部下に不可解な愛情を傾け、結局身の破滅を招く物語であるが、この動機のない愛着というテーマは、この頃に構想した戯曲「都会のジャングル」でも扱われている。戯曲のみならず、従来の文学作品が、必ず行動の動機、理由づけをしながら筋を進めていったとすると、この設定には不条理劇のような新しさが認められると思う。

恐るべき児たち

二一年秋にブレヒトは、ふたたびベルリンに旅立ち、今度も作家ワルシャウアーの家に厄介《やっかい》になった。ミュンヘンで実現しなかった「バール」その他の作品の出版契約をとにかくとりつけられたのは大成功であった。

ドイツ座で巨匠ラインハルト演出の「夢の劇」（ストリンドベリ作）の稽古に立ちあうことができたのも収穫だった。印象主義的な雰囲気の演出を得意とするラインハルトの演出法は、気分や情緒を好まぬブレヒトとは対立するものだが、夢という新しい次元を扱った先駆的な作品、難解さのために完成後三〇年も上演されなかったこの作品の上演を見るという体験は貴重であった。晩年の作品「セチュアンの善人」には「夢の劇」の影響が指摘されるが、この時の印象は何らかの形で跡を留めていたはずである。

今度の滞在では、交遊関係はさらに広まった。ブレヒトには、著名な俳優たちに自作の構想を魅力的に語ってきかせ、出演を約束させてしまうという不思議な才能があった。表現主義作家クラブントの妻で女優のカロラ＝ネーアー、作家ヘルマン＝カザックも新しい友人だが、ウィーン出身の劇作家アルノルト＝ブロンネンとは急速に親しくなった。

ブレヒトは一時自分のファーストネームをベルトと短縮して使っていたが、ブロンネンの名にあやかって再びベルトルトと改め、語尾だけはdをtに変えた。作家カール＝クラウスは、アルノルトとベルトルトの二人組を、ニーベルンゲン伝説に出てくる乱暴な神になぞらえてふたりのファゾルト（ファゾルテ）と命名した。ブロンネンは戯曲「父親殺し」によってデビューした新進表現主義作家であり、ブレヒトのような醒めたところは少なかったが、過去の芸術を抹殺しようとする破壊的な姿勢ではブレヒトよりラディカルであった。

ブレヒトは二二年初頭、ベルリンの生活の経済的な無理が祟《たた》って（「野生座」という寄席に出たともいわれる）栄養失調となった。その彼を大学慈善病院《シャリテ》に入れるように奔走してくれたのもブロンネンであった。ブレヒトはこの恵まれた余暇を利用して「都会のジャングル」を脱稿している。大都会が実は容赦ない生存の死闘の行われるジャングルであるという発想をブレヒトはベルリンで特に痛感したようで、現代人の感ずる人ごみの孤独や人間の疎外感というテーマもこの作品にいち早く先取りされている。

「都会のジャングル」

「都会のジャングル」の舞台は今世紀初めの大都会シカゴである。草原から大都会に出てきたガルガ一家は、貧民窟に暮らし、貸本屋に勤める息子ジョージの稼ぎで辛うじて生計を立てている。ある日ジョージは突然未知の中年のマレー人シュリンクに、いわれのない挑戦を受ける。ジョージは理由もきかずに挑戦を受ける。このいわれない戦いのために、ジョージは愛人を奪われ、一家は離散する。思いもかけぬ手段を使って死闘が続けられるが結局はシュリンクが破滅する。シュリンクは厚皮動物のように強靱で、材木商として成功した男だが、実はひそかにジョージ＝ガルガを愛していた。しかし、人間どうしの触れ合いが不可能と知っている彼は、闘争という手段だけがそれを可能にすると考えたのである。ところが、ジョージの妹マリーが、この不能者の中年男に報われぬ愛を捧げる、というような不可測な事態が入りこんできたために、シュリンクとガルガの戦いも予想外の方向をとることになる。

結局ガルガは生きのび「混沌の時代は終わった。あれが一番いい時だったな」と述懐しながら、非情の人間となって生活の戦いへと旅立つ。この作品には、詩人ランボーの詩句がしばしば引用されているが、幕切れの彼は、詩を捨てて、アフリカで奴隷商人になるランボーの変身を連想させるところがある。

ブレヒトがまだ知らなかったアメリカは、単なる大都会のモデルに過ぎず、作品の主題は、はてしない孤独化を逃れようと闘争によって接触を求めようとする人間の姿を、ボクシングのような形で示すことであった。シュリンクが働き手のガルガを失った一家を献身的に世話するという挿話はブロンネンの示した友情が形を変えて投影されているようにも思える。そのブロンネンは、これと似た主題で「シリアン発電所のアナーキー」を書いている。

この頃、ブロンネン作の「父親殺し」をブレヒトの演出で上演する話が青年劇場の主宰者ゼーラーを通じてもちこまれた。しかし稽古の段階でブレヒトは、後の名優ハインリヒ＝ゲオルゲと衝突し、身をひいてしまった

ひとまずミュンヘンに帰る直前に、ブロンネンを通じて知りあった映画人から、彼が審査員をつとめる懸賞映画シナリオに応募することを薦められた。そこでブレヒトは、帰りの車中でシノプシスを書きあげ、ブロンネンに託して応募し、一等賞金一〇万マルクを手に入れた。「アスンションのロビンソン風生活」というこの台本は、巨大な文明施設だけが残っている無人島に漂流した三人の男女の物語だが、人間関係の不毛は共作者二人の当時の共通テーマであった。そのふたりが友情を結ぶというのも矛盾しているが、夏にはブロンネンがミュンヘンを訪れて旧好を暖めている。妻マリアンネの兄の作家オットー＝ツォフを通じて、後に東独の指導的文化人となる表現主義作家ヨハネス＝ベッヒャー、シュテファン＝ツヴァイクの弟アルノルト＝ツヴァイクと知り合ったのもこの頃である。

既成演劇への挑戦

「夜うつ太鼓」の初演　一九二二年初夏になって、ブレヒトの作品が舞台にかかるチャンスがようやくやって来た。ミュンヘンの室内劇場《カンマーシュピーレ》が、定評ある指導者オットー＝ファルケンベルクの演出で「夜うつ太鼓」の上演を決定したのである。続いて王宮劇場《レジデンツ》で、若手演出家エーリッヒ＝エンゲル（晩年のブレヒトの協力者）が強引に「ジャングル」の上演計画を推進した。

「夜うつ太鼓」は九月二九日に初演され、ベルリンから見に来た劇評家ヘルベルト＝イェーリングによって「二四歳の詩人ベルト＝ブレヒトは、ドイツ文学の相貌を一夜にして変えた。……彼の戯曲は新しい詩的な世界像である」と激賞された。

主人公は捕虜になっている間に許嫁のアンナを寝とられた帰還兵クラーグラーである。こういう三角関係は戦後しばしば扱われたが、帰還兵を同情に値する被害者としてみるようなパターンに陥っていないのがこの作品の新しさである。幽霊のような彼が姿を現したのは、スパルタクス団の蜂起が始まる夜のベルリンである。許嫁一家は戦争利得者で、新しい婚約者はシニカルで下品な男である。許嫁を奪われ、一家から追い払われたクラーグラーは自暴自棄になって、蜂起に参加しよ

「夜うつ太鼓」初演　1922年，ミュンヘン室内劇場

うとする。ところが後悔して彼のあとを追ってきたアンナに引きとめられると、彼はあっさり革命に背を向け、他人の子を宿した許嫁と暖いベッドに戻る。「お前たち（革命家）の理想を天に届かせるために、おれに路傍でくたばって腐っていけというのか……もう沢山だ……おれは豚野郎さ、豚はねぐらに帰る。」彼は同情を拒否し、悲劇のヒーローになることを拒む。革命を暗示するように舞台に出ていた赤い月めがけて太鼓をなげつけると、その月は落ちて、芝居の月だったことがわかる。「そんなにロマンチックにみつめるな！」というこの劇の合言葉は、彼に悲劇の主人公を期待している観客の幻想《イリュージョン》を破壊する効果ともみることができる。わが身を救うために革命に背をむけ、安穏で小さな幸福に帰るクラーグラーは、自分の態度を嘲笑しながらも、観客を激しく挑発しているわけで、この構造のなかにブレヒトの基本的な特色をみることもできるのである。

この作品を認めたイェーリングは、以後ブレヒトの死後まで、つねに彼の促進者の役割を果たすが、ベルリンで劇評の大御所といわれたアルフレート＝ケルは、逆にブレヒトに絶えず敵対的な立場をとるようになる。この作品によってブレヒトは、この年のクライスト賞を受賞し、新進劇作家としての地位を約束される。秋に出た「バール」の初版は八〇〇部だったが、受賞後ただちに再版が出た。

初演にはブレヒトの父や弟、ビーなどのほか、寄席芸人ヴァレンチンまでが珍らしく高級な〈劇場〉に姿を見せた。

ベルリンとミュンヘン

初演後ブレヒトは、未完に終わった「ハンニバル」の構想を練っていたが、室内劇場に文芸部員として採用され、一応生活が安定し、マリアンネと形式的な結婚をした。暮にクライスト賞受賞のためにベルリンに赴いた彼は、ドイツ座でも「夜うつ太鼓」の初演を見ることができた。本当は自分で演出もしたかったのだが、その希望は叶えられなかった。ブロンネンの言うように、彼は「自分の作品の舞台を正確に想定しており、空間や演出を読みこんで作品を書いた」のだから、他人の演出には不満も多かったはずだ。ミュンヘンの初演の舞台装置は、映画「カリガリ博士」を連想させるような表現主義的なものだが（前ページの写真参照）、これがブレヒトの意に沿ったものとは思えない。

度々のベルリン行きでブレヒトはますますこの町に惹きつけられた。当時ベルリンは演劇の中心であり、地方都市の劇場はベルリンへのスプリングボードと考えられていた（現在はそうではない）。ベルリンのイェーリングに宛ててブレヒトは「この町（ミュンヘン）の人間はひどく愚かで、相手を不機嫌にするまでに大変なユーモアを使わなければなりません」と書いている。

二三年五月には「ジャングル」が王宮劇場《レジデンツ》で上演されたが、上演中に客席で煙幕が焚かれるというような妨害があり、僅か六回で演目から外された。上演を推進した文芸部員ガイスは馘《くび》になった。この町の観客には、この作品の理解はまだとても無理だったのだ。

三月には娘ハンネが生まれていたが、この年の夏、ブレヒトはヤーンの新作「牧師エフライム＝マグヌス」の演出のためにベルリンに行き、その折にブロンネンの紹介で生涯の伴侶となる女優ヘレーネ＝ヴァイゲルと知りあったらしい。幻想作家としては日本でも知られるヤーンの新作は、近親相姦や、エロスとの禁欲的な戦い、去勢などというショッキングなテーマを含んだものであるが、原作者は上演された台本は自作と思えぬほど改作されていたと述懐している。

この年の一一月八日に、ヒトラーが右翼的保守勢力の協力をあてこんで、ミュンヘン＝オデオン広場前の将軍廟で大デモを行い、州庁を奪取しようとしたが、簡単に鎮圧された。ナチスのいわゆる＜歴史的殉難＞で、ミュンヘンは後にナチスに「運動（発生）の町」と呼ばれるのである。ブレヒトはこの事件を最低の田舎劇場の茶番と受けとった。彼がある時期まで、ヒトラーを過小評価し、資本家に踊らされて役目が終われば捨てられる傀儡《かいらい》だと見ていたのは、この時の印象によるのかもしれない。ヒトラーは保守的といわれるバイエルンを根拠として小市民層のあいだにも徐々に勢力を浸透しつつあったのである。

賠償金の支払不履行によってフランスにルール地方を占拠され、天文学的なインフレに悩まされていたドイツは、外相シュトレーゼマンの下に、レンテンマルクの奇跡とドーズ案の導入によってようやく一時的な安定期に入る。

「エドワード二世の生涯」へのリアクション　二三年の初めからブレヒトは、フォイヒトヴァンガーと共同で、エリザベス朝の劇作家マーロウの「エドワード二世の生涯」の改作にとりかかっていたが、二四年春にはブレヒト自身の演出で室内劇場の舞台にかかることになった。友人ネーアーがはじめて装置家としてデビューした。大筋は原作に従っているが、ブレヒトの関心を惹いたのは、主要人物の性格が途中で一変するという点ではなかったろうか。

ドラマの人物の性格は一貫しているというのが常識である。ところが一四世紀のイングランドの国王エドワード二世はそうではない。彼はゲーヴストンという寵臣を溺愛し、アン女王を疎遠にするが、遂には貴族すべてを敵として戦う。もともとは駄々っ子のような意志薄弱な男だが、ゲーヴストンが殺されてから、復讐のために始めた戦争の生活で強靱な男となり、最後には囚われの身となって息子に譲位を迫られても頑として拒み通し、非業の死を遂げる。アン女王ははじめは国王への報われぬ愛のみに生きていたが、三度愛を拒否されると変身して復讐の女となる。彼女と結んで、王国の実権を握ろうとするマキアヴェリストの貴族モーティマーは、説得を受けて重い腰をあげるまでは、政治嫌いの書斎人であった。エドワードを殺害した後、女王とモーティマーは、自分たちの擁立した王子エドワード三世に処刑される。

ブレヒトには、生来の性格よりも、環境の人間に及ぼす影響を重視する傾向が強いが、この作品の人物を動かしているのは、野心というより、政治機構にまきこまれた人間の陥る無目的な衝動のようなものである。野望を達成した人間が虚無感に襲われたり、必死になってわが身を救おうとした男が突如一切の努力を放擲《ほうてき》したり、諦観《ていかん》した人間が突然生にひどく執着を示す、というような不可解な行動が出てくるが、そこに奇妙なリアリティが認められるのである。社会的、歴史的な立場はまだ稀薄だが、独立した民衆場面がいくつか書き加えられている。戦争に駆りだされる兵卒たちの恐怖を示すために、ヴァレンチンの忠告に従って蒼白《そうはく》な兵士を「白塗りで」登場させたのはブレヒトらしい創意だった。

場数の多いエリザベス朝劇の叙事的な構成と、ブランクヴァース詩型の文体的な試みを学ぶこともこの改作の課題だった。

この上演を見た作家のトーマス＝マンは、非常に市民的な反応を示している。彼はブレヒトを

「表現主義、というより表現主義以後の新自然主義」と規定し、この上演は「私が生涯で見せられたヴィジョンのなかで最も不快なもの」であると告白し、国王劇の常識に反したみすぼらしい装置や衣裳に驚き、これは演劇上のプロレタリア芸術というもので、このような反市民的演劇の方向で行われている実験の情報を得たいと思っていた門外漢にはよい〈勉強〉だったと言っている。マンには国王の同性愛の相手ゲーヴストンが、いやな感じの俳優にふられているのが解せなかったらしいが、「バルガン」や「ジャングル」をとってもわかるように、ブレヒトは「理由のつかない愛情」を示すために故意にそういう配役をしたのである。この頃の短篇「犬の話」では、ある男と一匹の犬の理由のない敵意が扱われている。マンの見方は、明らかに一切の行動に納得ある理由を求める常識的な反応なのである。この上演は結構好評だったらしく、「ジャングル」と同じくエルウィン＝ファーバーが主役を演じている。

そのあとブレヒトは、巨体をもつ無性格な男を主人公にした「ガリガイ」の執筆に当たっていたが、夏にはマリアンネとカプリ島に旅行しながら、フィレンツェでヘレーネ＝ヴァイゲルと密会した形跡がある。

共同制作とブレヒトの影響力　一九二三年九月には遂にベルリンに移住する機会を摑んだ。ドイツ座が、新進劇作家ツックマイアーとともに、彼を文芸部員に採用したのである。一〇月には国立劇場で「エドワード」が、ドイツ座で「ジャングル」が上演され、知名度も高くなった。一一月三日にヴァイゲルは男児を生んだ。これが現在もアメリカで、父とは違った感性的な演劇、リヴィング＝シアターやボッブ＝ウィルソンの「幻想《ヴィジョン》の演劇」の理論的解説者として活動しているシュテファン＝ブレヒトである。

マリアンネとの正式な離婚が成立するのは二七年一一月で、ヴァイゲルとの正式な結婚は二九年四月までもちこされた。ウィーン生まれでユダヤ系のヴァイゲルは、強い意志を秘めながら母性的な抱擁力をもつタイプであったようで、ブレヒトの演劇の要求する演技を体現して、終生よき理解者となっただけでなく、たえず女性の崇拝者協力者を身辺にもっていたブレヒトの私的生活にも、賢明に対処するすべを心得ていた。ベルリンに移住した直後に、ブレヒトは文芸面での献身的な協力者エリーザベト＝ハウプトマンと知りあう。「ガリガイ」案を発展させた「男は男だ」の創作には彼女の協力が最も大きかった。自殺未遂までしたといわれる彼女の場合は、物心両面でブレヒトに献身したといえる。のちに影響をうけた女流作家マリー＝ルイズ＝フライサーは、彼の影響力から脱して自立することで精力を使い果たしている。因みに彼女の戯曲「深海魚」には、共同スタッフを率いて文学界に進出する冷酷な作家が登場するが、このモデルもブレヒトだといわれている。

何人かの協力者を使って共同で制作を進めるという方法は、作家の個性的な天才や霊感を否定するブレヒトらしい形態である。このスタッフにはなお、友人ネーアーのほか、彼にボクシングのチ

「男は男だ」　兵士たちはグロテスクに誇張されている。ゲリーゲイを演ずるのはペーター＝ロレ

ャンピオン、ザムソン＝ケルナーを紹介したエミール＝ブリ、演出家ベルンハルト＝ライヒなども加わっている。ブレヒトがブリによってスポーツへの関心を高めたというような逆の影響もあるが、概してブレヒトの影響は強烈であった。衆智を集める、という立場からなされた集団創作が、最後にはまぎれもないブレヒトの個性的な刻印を示しているのは矛盾ではあるが、彼の感化力の強さも示している。ブレヒトの創作や演出のもうひとつの特色は、一度完成したものを決して決定版とはみず、限りなく改作を続けてゆく点である。「男は男だ」の場合、原稿は一年で一キロの重さにふくれあがり、上演用台本にまとめるのに二か月を要したという。

「男は男だ」

この作品そのものが、「機械のように組《モン》立て《タージュ》られる」男の物語である。人間の没個性化画一化は、管理社会の現代にも認められる現象だが、初稿ではブレヒトはこの現象を否定的にだけ捉えていたわけではない。ロマン主義以来の個性尊重という考え方は、各人が歯車の一個となるような共同体社会では否定されなければならない。キプリングのインド物語からヒントを得たこの作品では、気のいい沖仲仕が、植民地軍で足りなくなった兵隊の員数を埋めるために使われ、最後には勇猛果敢な兵卒に変身してしまう（男は男だ、は員数は員数とも訳せる）。ナチスが台頭する頃に、この作品は平凡な市民を残虐な殺人者に変える全体主義機構の危険を強調するように改作されたが、作品自体のなかにもともと全体主義の肯定否定両面を見るような視角が備わっているので、根本的な改作は必要ないのである。これは絶対不変の中心点（尺度）から物事を見る時に陥りやすい思想の硬直化を避け、すべてを相対的にみる柔軟な姿勢ともいえるだろう。まだ「弁証法的」という言葉は使われていないが、「科学の時代」に適《ふさ》わしい芸術を求めていたブレヒトは、アインシュタインの「相対性理論」に魅せられ、相対的という言葉を好んだ。一種のモダニズムでもあるが、根強く残っている市民的《ブルジョワ》な芸術の伝統を破壊するためには、時代の尖端にあるものをつきつける戦術も必要だったろう。低級な文学と思われていた推理小説をブレヒトが評価したのは、読者自身が興味をもちながら自ら推理を働かすという知的な機能を備えているからであった。

「男は男だ」では、近代劇で特に重視された人物の心理的な反応というものが極端に否定されており、それに代わって行動主義《ビヘイビアリズム》という新しい心理学が適用されている。客観的に観察しうる反応のみを対象とするこの心理学のように、ブレヒトは人物の内面には立ち入らず、与えられた条件下《シチュエーション》で人物がどう反応するかだけを描いている。これも人物生来の性格よりも社会的な環境を重視することにつながるのであり、後述するゲストゥス（仕草）というブレヒト独自の考えに発展するのである。

古い劇場の破産を示すためにブレヒトは、例えば「鋭く素朴な」演劇であるボクシングに若い観客が殺倒していることを指摘し、ビールを飲んだり喫煙したりしながら寛《くつろ》いで見物できる小屋のほうが、観客が演ぜられる出来事に注意を集中できるのではないかと言った。この頃彼はボクシングを主題にした小説「チンフック」と「ザムソン＝ケルナーの生涯」（未完）を書いているが、例えば興奮状態をいかに意識的につくりあげるかという話などは演技論としても興味がある。

二五年から二六年にかけて、ブレヒトはフォイヒトヴァンガーと共作で「ウォレン＝ヘスチングス（カルカッタ五月四日）」を書き、「青年劇場」で「バール」を改作演出し、またフライサーの「足洗い」（改題「インゴールシュタットの煉獄の火」）やブリの「アメリカの青年（ティム＝オハラ）」の上演を薦めてアレンジを引き受けた。しかし既成の劇場の枠内での仕事の限界に思い至り、演劇そのもののあり方を抜本的に変革しない限りは、上演活動は無意味ではないかと思うようになり、実際の仕事から多少遠ざかった。

ドレスデンの三人

現代の複雑な世界をとらえるためにブレヒトはニューヨークの小麦市場をモデルとした戯曲を考えていた。その準備として経済書を読みあさり、専門家の意見を求めたが、驚いたことに生産された小麦を供給する市場の実体については少数の相場師以外は誰も正確なことが言えないのだった。それがきっかけでマルクスの読書が始まった。二六年秋のハウプトマン宛の手紙には「資本論にどっぷりつかっている」ことが記されているが、この興味は、社会学者フリッツ＝シュテルンベルクや、テールマン指導下の共産党からは脱党していた左翼理論家カール＝コルシュによって深められることになるのである。

二五年には、ブルジョワや軍部と妥協はしながらも、ワイマール共和国の初代大統領の重責を果たしてきたエーベルトが急死し、さまざまな思惑から、結局は「救国の英雄」ヒンデンブルクが大統領にかつぎ出された。しかし初期には彼はシュトレーゼマンの外交政策を支持して右翼勢力を失望させた。この選挙でナチスから出馬したルーデンドルフ将軍は惨めな得票しか得られなかった。

二六年には変わった事件があった。三月にドレスデンのオペラで作家朗読会があり、ブレヒトは親友ブロンネン、私淑している作家デーブリンとともに招待されたが、行ってみると三人は、ブレヒトの嫌悪する大詩人フランツ＝ヴェルフェル（「おゝ人間よ」調とよばれる表現主義的陶酔文体の元祖である）の栄典のつまのように扱われていることが判明したので、朗読会のボイコットによって抗議するという騒ぎを起こしたのである。この事件を扱った「ドレスデンのマチネー」という戯詩が

家庭用説教集　「マハゴニー」のソングと「バール」のページ

あるが、彼の戯曲「セチュアンの善人」に出てくる三人の神々には、この三人組の面影があるといわれている。

「悪魔の祈禱書」

この年にはまた、初期の詩の集大成である「家庭用説教集」（家庭用祈禱書とも訳せる）が刊行された。自伝的な詩「哀れなBB」を採録するかどうかでキーペンホイアー書房との折合いがつかず結局詩集はウルシュタイン書房から私家版の形で刊行されることになった。自ら作曲し、わざと小型讃美歌本のような体裁に製本してあるために、「悪魔の祈禱書」ともよばれた。晩年にブレヒト自選の「百詩選」が出た時、この詩集からもかなりの数が採録されたが、マルクス主義を学習しだしたこの時期のブレヒトからみても、すでに初期の詩の姿勢にはあきたりないものがあった。にんげんという被造物の貧しさ、はかなさを歌う詩、都会というジャングルではもはや失われている自然との交歓を歌う詩、エキゾチックな冒険や女を歌った詩、いずれもみずみずしい感覚、鬼気迫るヴィジョン、アウトローへの共感に示された反俗性、絶望的な虚無感、唯物観などによって早熟な詩人の抒情的な才能が十分に立証されている。だがブレヒトは、劇作家としてより詩人としての才能が上だと言われるのを好まなかった。

第一課「祈願祭行列《ビッテガング》」に収められた「嬰児殺しマリー＝ファラー」は主題からいえば、モーパッサンの短篇やハウプトマンの劇「ローゼ＝ベルント」、山本有三の戯曲などにも見られるし、福祉社会であるはずの現代ですらロッカー捨児事件などの形で後を断たない。

孤児マリー＝ファラーは醜いせむしの女中で無口である。辛い労働の一日を終わり、冷えきった屋根裏部屋に帰ると突然産気づいた彼女は、ひとり便所で出産し、子供の泣き声に逆上して殺してしまう。詩の流れが、「と彼女は言った」という尋問のような句で断ち切られているのは、情感の流れを阻止する一種の異化のようにも働く（ブレヒトは演劇の稽古で、セリフを喋る役者に、「と彼は言った」とつけ加えさせ叙事化する方法を考えた）。

それから屋根裏部屋と便所の間で
—その前はおとなしかったのですと彼女は言う—
子供が泣きだした。それですっかり逆上して、と彼女は言う。
両の拳で盲滅法に殴り続けました、
子供が静かになるまで、と彼女は言う。

そのあと彼女は死んだ児を自分のベッドに
連れ込み、夜の明けるまで抱いていた。
朝になってそれを物干し部屋に隠した。
だが君たちにお願いする、どうか怒らないでもらいたい
なぜってすべての被造物《いきもの》には何より救いが必要だからだ、

最後の二行の祈願の繰返しはどの節も同じである。詩は突然読者に語りかける。今日《こんにち》の三面記事でも嬰児を殺したり遺棄したりする女性の記事を読むと、罪を鬼のような女のせいにする傾向が多いが、それは救いの手のないためなのではないか。最後の願いはもの言わぬ哀れな女を代弁して間接的に社会を告発しているようにみえる。

だがこういう「やさしさ」はこの詩集の基調ではなく、非情な世界で救いもなく死滅してゆく人間の物質的な消滅が多く描かれる。

冷たい風の吹きすさぶこの世に
君らは皆裸の子として生まれてきた（中略）
君らに叫ぶものもなく君らは望まれもせず
誰も仲間にしてくれなかった（中略）
冷たい風の吹きすさぶこの世から

君らは垢《あか》やふけだらけになって去ってゆく
（「この世のやさしさについて」）

例えば身投げしたオフェーリアのイメージは次のような終節をもつ。

蒼《あお》ざめた彼女の屍体《むくろ》が水の中で腐っていくと
神様も次第に（とてもゆっくりとだが）彼女のことを忘れていった
まず顔を、それから両手をおしまいに髪の毛を忘れた
それから彼女は、川の塵や芥に化していった。
（「水死した娘」　戯曲「バール」にも挿入されている）

世代の問題

若手詩人として評価されたブレヒトは、二七年初めに「文界世界」の行った懸賞抒情詩の審査員に選ばれた。ところが彼は四〇〇あまりの応募詩を一篇も採用せず、代わりに競輪新聞に載った六日間自転車競走の英雄を讃える素人詩人の詩を推奨した。非難に答えてブレヒトは「これらの（応募）詩は、見知らぬ人にも有益な感覚や思想を伝達するという本来の身振りからは遠く距ってしまっている」と述べ、自分は「実用に役立たぬ価値」（純粋な詩的な美）の存在は認めるが、応募された詩はいずれも「美しくもない上に有用でもない」と言っている。大部分の作品はリルケ、ゲオルゲ、ヴェルフェルなど、ブレヒトの嫌う詩人の亜流だった。彼にはそれが我慢できず、これらの詩人の感傷性、不自然さ、世間との隔絶や孤高的態度を批判した上、

「若い世代が全く毒にも薬にもならないとすれば、折角有害な年寄り連中の何世代かを黙殺したり、くたばってしまえと望んだりしても、それが何の役にも立たなくなる」と嘆いている。劇界の根強い古さに根本的な変革を阻まれていたブレヒトには、詩の世界のこうした古さも我慢がならなかったのである。

その前年、ある雑誌の特集でトーマス＝マンが、作家活動に入った息子のクラウスの属する若い世代との間に「断絶は感じない」と答えているのに憤慨したブレヒトは、最大の皮肉をこめて言っている。「トーマス＝マンによると、彼と僕の世代の相違はとるに足りないものだそうだ。これに対して僕はこうしか言えない。馬車と自動車が討論したとしたら、大して違わないと思うのはいつも馬車の方だと」。

ソング劇「マハゴニー」　二七年にブレヒトは、重要な音楽協力者となるクルト＝ヴァイルと知り会った。「家庭用説教集」のなかの「マハゴニー」の詩を作曲したいとヴァイルが申し入れてきたのが発端になってソング劇「マハゴニー」が生まれた。

マハゴニー（英語のマホガニー）は架空の都市の名で、アラスカで砂金採りをして儲けた連中の金を絞るために、アメリカ西海岸の砂漠のなかに建てられた歓楽の町である。酒も女もスポーツも賭《と》博《ばく》もお好み次第だが、「金のないこと」だけが唯一最大の罪である。すべての者が敵どうし、金銭がすべてという資本主義社会の基準を極端に誇張し、最後にはこの倫理が町を破滅に導くことを描きだす。

ブレヒトが初期の作品でしばしば未知のアメリカを舞台にしている背景には、アメリカの借款によってドイツの経済がようやく安定した時期の大都会がかなりアメリカナイズされてきたという事情があり、そういう新しい文化のなかに、古いヨーロッパの教養的伝統を否定する活力があったためでもあろう。古典音楽や優雅なワルツに対しては、ジャズや社交ダンスは挑発的な役割も演じた。ブレヒトの友人ヨハン＝ヘルツフェルトなどは、名前をジョン＝ハートフィールドと英語式に改めたほどだったし、マハゴニーのなかの「アラバマーソング」は英語で書かれている。

作曲家ヴァイルはブゾーニの不肖の弟子で、無調音楽の洗礼もうけたが、ジャズのような俗な音楽の民衆性も積極的に採用した。

マハゴニーは後に大編成のオーケストラをもったオペラになるが、この年の夏バーデン－バーデン音楽祭で上演された台本は口上役によって一〇曲ほどのソングをまとめた小曲でボクシングのリングをかたどった簡素な舞台、数人の楽師と少数の俳優で演じられたので、「小マハゴニー」とよばれる。オペラが完成したのちは、原形が分らなくなり、数年前、記憶に基づいて再構成の試みが行われた。ヴァイル夫人ロッテ＝レーニアはブレヒトの歌《ソング》の重要な演奏者《インタープリーター》（解釈者ともいえる）のひとりである。ボクシングのリングを舞台に見立てたのは、内容が資本主義社会の非情苛酷な生存競争を扱うからでもあるが、雰囲気を作らずに、演ぜられ歌われている内容に注目させようというブレヒト演劇の意図ともいえる。

ピスカートアの政治演劇　マルクスに興味を抱きだしたブレヒトは、この頃から、政治演劇という新しいジャンルの先駆者エルウィン＝ピスカートアの仕事とも関係をもつようになる。一八九三年生まれのこの新教牧師の息子は、前線での体験から熱烈な革命家に変身し、政治目的の手段としての演劇、いわゆるアジプロ演劇（煽動《アジテーション》と宣伝《プロパガンダ》の演劇）を開始した。これまで演劇を見たこともなかった労働者大衆を基盤とする新しい演劇を考えた彼は、簡単な装置《セット》と小人数の俳優で労働者街にとびこみ、集会場やビアホールで芝居を上演した。大衆の政治的な啓蒙を目的とし、国際問題や政治、経済情勢を、大衆演芸の手法も使いながらわかり易く面白く解説する、というもので、昭和初期の日本にもトランク劇場とか「赤いメガホン」の運動という形で影響を与えた。しかし、失業者には無料でみせるというような行き方から、経済的に行き詰り、既成演劇とある程度の妥協をせざるをえなくなったが、一九〇一年以来、ベルリンに根を下している進歩的な観客団体「自由民衆劇場」と契約することができた。この団体は、日本の労演とは違って、自己の劇場と劇団をもち、社会民主党系の労働者を観客層に多くもっていたが、共産党系の観客は少なかった。ピスカートアはこの組織を根城にして徐々に彼の政治演劇の構想を発展させてゆく。ブルジョワ演劇やその個性主義的傾向を否定した点はブレヒトと同じだが、彼はブレヒトよりも早くから明確な政治的立場をとっていた。彼の演劇は、政治的、叙事的、技術的という三本の柱に立脚している。あとの二点はもう少し説明を加える必要があるだろう。従来のドラマの構成では、複雑な現代の社会機構を捉えることは不可能である。ドラマは「叙事的」にならなければならない。彼はカット数の多い映画台本からこのヒントを得、次元の拡大のために劇中に映画を挿入することもした（日本ではこの手法は連鎖劇といわれる）。技術的とは、機械文明の現代に対応して、演劇の舞台機構をフルに活用することであり、これによって劇の次元が拡大される。幻灯によってタイトルや統計資料を映すというのも彼によって始められた技法である。作品のアクチュアリティを獲得するためには、原型を留めぬほど変えることも辞さない。例えばシラーの「群盗」は、ブルジョワ的な弱さをもつカールよりも、トロツキーの似顔で演ぜられるシュピーゲルベルクのほうが革命意識の強い人間として描かれ、現代の中国革命の映画が挿入され、最後にはインターが合唱されるというような変更が加えられた。

ブレヒトとピスカートアの違い

手法上の面でブレヒトはピスカートアから多くの影響を受けているが、基本的な部分では大きな違いがある。ブレヒトは観客に醒めた態度で演劇の提起した問題を自分で考えることを要求したが、メカニックな機構を駆使したピスカートアは、結局は観客を酔わせ、情緒的な手段を通じて自分の主張に観客をまきこむという方向をとったのだ。叙事的という手段もピスカートアの場合は多場面の戯曲形式としてしか考えられていない。ブレヒトは叙事的とは記録から演ずること、仕草や姿勢を引用することと考えた。叙事詩とは、事件を現在形で示す演劇とは違って、過去形の文学と定義されてきたが、ブレヒトの叙事演劇は、演劇が過去の事件を再現していることを隠そうとはしないという点でも叙事的であり、シェイクスピアのように短い一場面にも、戯曲一本分の内容が含まれていることがある。

一九二五年にピスカートアが共産党大会で党の依頼で上演した「にも拘らず」は、ドイツが帝国主義戦争に突入する時点から、ルクセンブルク、リープクネヒトの虐殺までの事件を、年代史的《クロニカル》に舞台にのせたという点では叙事的だったが、五〇〇〇の観客を興奮のるつぼにまきこむという形は、ブレヒトの求める演劇形態とはおよそ逆だったのである。

二七年にピスカートアが、政治的偏向のために民衆劇場を解約されるという事件が起こった。穏健な社民党系観客の多い民衆劇場の方向からいうと彼の演劇はあまりにも左翼的すぎるという理由であった。しかし劇作家エーム＝ヴェルクとの衝突も解雇の引き金になった。ピスカートアは例によって、この作家のハンザ自由市と争う一五世紀の海賊を扱った「ゴートラントを襲う嵐」を、全く勝手に改作したのである。原作者の抗議にも正当性はあるが、ピスカートアがこの件から契約を解かれることは行き過ぎであり、解雇処置に対しては非左翼まで交えた作家グループが擁護キャン

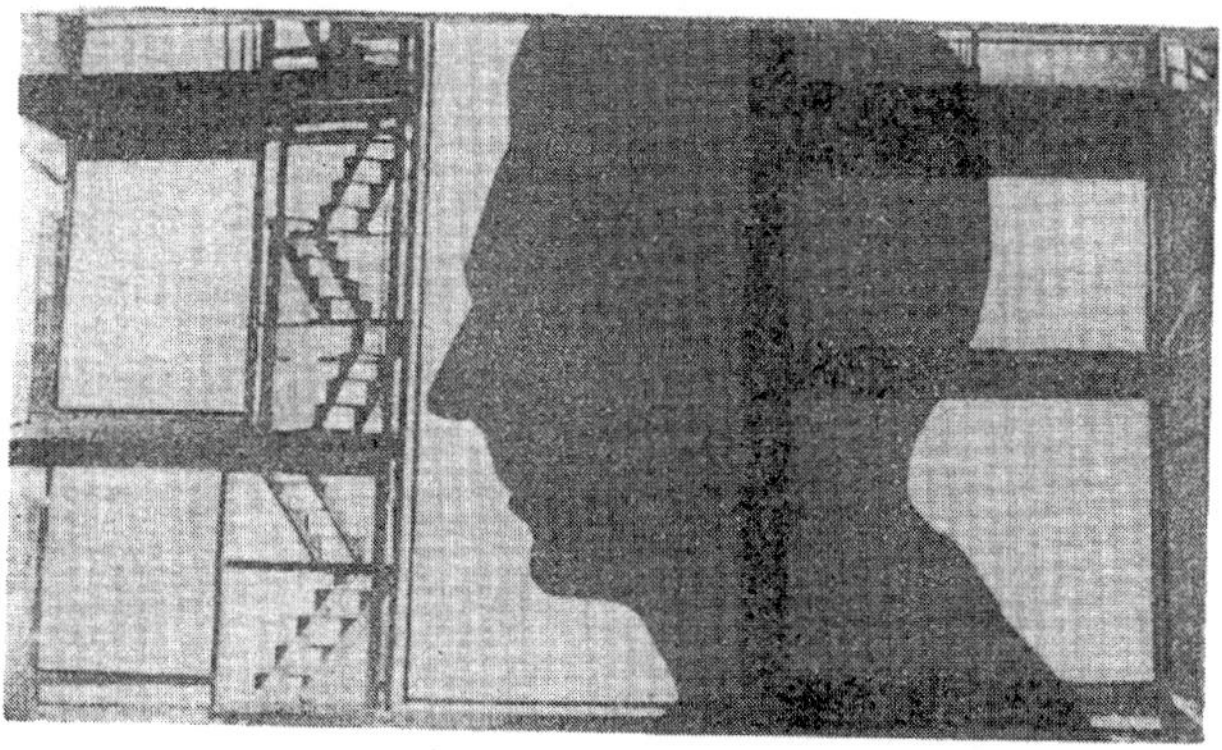

ピスカートア演出「どっこい生きている」の機構舞台
シルエットはピスカートア

ペーンを行った。ブレヒトもそれに名を連ねている。

ピスカートアの身上

しかしピスカートアはこれを機に独立して、政治演劇運動を続けることを決意した。幸い後援者がみつかった。彼の仕事に魅せられていた女優ティラ＝ドュリューのパトロンでユダヤ人のビール醸造業者であった。こういう金主に政治演劇運動の資金を仰ぐことは矛盾ではあるが、四〇万マルクの出資に基づいて建築家グロピウスの設計による超モダンな「全体劇場《トタールテアーター》」が建てられる計画だった。残念ながらそれは設計図以上に発展せず、結局ノレンドルフ広場の劇場が彼の政治演劇の拠点となった。ブレヒトもこの新たに発足する劇場の文芸顧問グループに名を出すことになった。

二七年夏、新しい劇場はトラー作「どっこい生きている」で開幕した。戦後の革命に連座して入獄し、一度は発狂した男が、八年後のまるで一変した社会状況に順応できず自殺する（新たな出発をするという幕切れもある）という現代劇だが、舞台に設けられたエレベーターや巨大な心臓のレントゲン写真と鼓動音が観客を驚かせた。

ソヴィエトの作家アレクセイ＝トルストイの「妖僧ラスプーチン」は、集団制作によって第一次大戦の年代記に変えられた。巨大な半円地球儀の一部が場ごとに窓のように開いていく。まだ生存しているドイツ皇帝が愚かな人物として登場するので亡命地から皇帝は場面撤回の訴訟を起こして勝訴した。以後はカットされた場面でその判決文が朗読され、それがまた反響を呼んだ。ラスプーチン暗殺に実際に加わったロシアのもと貴族が、感激して何回も見にくるという逆のケースもあった。こういう即時代性はまさにピスカートアの身上だった。

「政治劇場」で

ブレヒトがこの劇場の仕事に直接タッチしたのは、チェコの作家ハシェクの「実直なる兵卒シュヴェイクの冒険」の劇化の時かららしい。ガスバラ、レオ＝ラーニアが協力者であったが大半はブレヒトが台本を書いたという。チェコの民衆のなかから生まれたシュヴェイクは、馬鹿正直なほど「実直に」振舞うことによって、権力に尻尾をつかまれない抵抗を行う人物で、この方法はまさにブレヒト好みのものである。例えば規律を厳密に守りすぎると運行に支障をきたすけれども、怠業《サボタージュ》で罰せられることはない（遵法闘争に似た手口である）。兵士の勇敢さを讃える口ぶりで戦争の残虐さを描写すれば、反戦運動で逮捕されずに反戦のアジテーションができる。シュヴェイクはそういう狡智をそなえ、「奴隷の言葉」（抑圧されたものの隠語）を操る名人である。ブレヒトが激動の時代を生きのびられたのもシュヴェイク的な強靱さのためであった。

　この時の「シュヴェイク」上演は、喜劇俳優パレンベルクと漫画的な人形を組みあわせたもので、舞台端に流れベルトを設けたり、アニメ映画を挿入するような新機軸が用いられた。二〇年代の世相を鋭く暴いた諷刺画家ゲオルク＝グロスが舞台美術を担当した。グロスの挿絵はブレヒトの作品の世界にもよくマッチしている。

　「シュヴェイク」の初演された二八年一月にはすでに他の都市で上演されていた「男は男だ」がベルリンの民衆舞台にかかり、ヴァイゲルが酒保のおかみベグビックを演じた。

　この春ピスカートアの劇場である事件が起こった。ラーニアの「景気」という劇は、アルバニアに油田が発見され、その権益をめぐって社会主義国と資本主義国が鎬《しのぎ》を削るというストーリーで、結局は社会主義国が術策を用いて油田を手に入れるという幕切れだが、舞台稽古の日になってソ連代表部からクレームがついた。社会主義国が悪辣《あくらつ》な陰謀を用いる印象は好ましくないというのである。採油のボーリング塔が林立する舞台装置の前で中止の勧告に頭をかかえた主脳陣の前にふらりと姿を現したブレヒトは、問題を苦もなく解決した。利権にありつく社会主義国も実は某資本主義国の偽装だったことにすればよいと提案したのである。これによって上演は救われた。

　ブレヒトの「屠殺者ジョー」は「小麦」という題でピスカートア劇場での上演を予告されていたが、この執筆は後廻しになった。劇場支配人アウフリヒトが、シッフバウアーダム劇場（現在のベルリーナーーアンサンブル）を引き受けることになり、開幕の作品をブレヒトに依頼したからである。

「三文オペラ」の成功

たまたまロンドンでリバイバル上演されたばかりのジョン＝ゲイの「乞食オペラ」（一七二八年初演）を、ハウプトマン女史の翻訳によって読んだブレヒトは、早速この作品の改作に着手し、作曲をヴァイルに依頼した。ブレヒト夫妻とヴァイル夫妻は初夏から南仏の保養地、ルーラヴァンドゥに罐詰《かんづめ》になり、作詞ができるとヴァイルがすぐ作曲するというような形で急ピッチの仕事を進め、七月に「三文オペラ」と改題された台本を手渡した。演出はエンゲル、装置はネーアーが担当し、配役には、正統的な劇場俳優以外の顔ぶれもまじっていた。稽古は不測な事故で難航した。ポリー役のカロラ＝ネーアーは夫の詩人クラブントが急死したため役をおり、ヴァイゲルは盲腸で入院したので淫売宿の女将の役は台本から削られた。初日直前まで成功が危ぶまれていたが、八月三一日の初演は予想に反して空前の成功であった。

ロンドンの裏町を舞台に、乞食のボスと盗賊団の団長が死闘を展開する。この団長メキース（一名ドスのメキー《メキー・メッサー》）は、警視総監虎《タイガー》のブラウンとはかつて植民地軍の戦友という刎頸《ふんけい》の友で、持ちつ持たれつの関係である。ここでは乞食業も盗賊業も合理化され、頭目は自らは手を下さずに手下のあがりで食っている。メキースが上品な教育を受けている乞食のボスの娘ポリーを誘惑するので、高く売れる商品の娘を奪われたボスのピーチャムは、メキースを警察に密告する。メキースは警視総

「三文オペラ」初演 1928年，ベルリンのシッフバウアーダム劇場

監ブラウンの娘ルーシーまで誘惑している。ブラウンも「親友」を逮捕したくないが、ピーチャムが乞食のデモを組織して、目前に迫っている女王の戴冠式を台無しにすると脅迫するので、一度はルーシーの手引きで逃走し、再逮捕されたメキースを処刑せざるをえなくなる。ところが幕切れでどんでん返しがあり、メキースは女王に恩赦される。このハッピーエンドは突然理由もなしに持ち込まれる。登場人物のひとりが観客にむかい、せめて芝居ぐらいハッピーエンドにしたいという希望を歌い、それでメキースは女王の恩赦をうけるのだ。実はこれは所詮《しょせん》絵空事のハッピーエンドにそれらしい理由をつける通俗劇に対する痛烈なパロディなのである。ブレヒトの狙いは、この乞食や盗賊がブルジョワに似ているが、悪質さにおいてはブルジョワの方がもっとひどい存在だと皮肉ることであった。盗賊ものが芝居で受けるのは、観客であるブルジョワたちが、自分とは無縁の、低級な人間たちのエキゾチックな世界の話として安心して楽しんでみていられるからだ。ところがここでは、このやくざどもは、ブルジョワの悪をうわべだけ真似ようとする罪のない存在として描かれてい

る。にも拘らずブルジョワたちが、憤然ともせず拍手をもってこの作品を迎えたのは、彼ら自身もブレヒトと同じ程度にシニカルで、皮肉られる自分たちを楽しんでいたからともいう。

この成功はまたブレヒトの台本を完全に生かしたヴァイルの作曲の功績も大きい（一部にパプシュの原曲とブレヒト自身の楽想が用いられている）。皮肉にいえばブレヒトは、片手間の金儲け仕事のつもりだった「三文オペラ」によって、永久的な国際的名声を手に入れたのである。ドイツでは一年近くロングランが続き、世界各地でも上演された。

「文化財の保管にだらしない男」

これほど成功してしまうと、ブレヒトもこの作品を理論的に武装する必要を感じたらしい。この作品でもメキースが「銀行設立に較べれば銀行強盗などどれほどの罪だろう！」というセリフを吐くが、この考えを発展させていけば、いくら搾取による合理的経営法を真似しても、非合法な盗賊稼業は割があわないから、結局は、合法的な搾取、例えば銀行業に鞍変えした方が得だという結論に達する。この着想は、後に亡命中に完成した「三文小説」で生かされている。時代をはっきりブーア戦争時代にとったこの小説はリアリティも濃くなっている。メキースは初めは盗品をおろしてチェイン-ストアを経営しているが、遂には銀行家になることに成功する。処刑台には、すべてを丸く収めるために、戦争廃兵のフェークムビイが身代りに送られる。この小説によって三文サークルが完結するまでにはまださまざまな事件があった。

ブレヒトにはつねに厳しかった劇作家ケルが、「三文オペラ」のソングの相当の部分はヴィヨンの詩句（アマー訳）の剽窃《ひょうせつ》だと指摘したのである。これに対してブレヒトは「僕は文化財の保管についてはだらしない男だ」という人を喰った発言をしたので、これが賛否両論をまきおこしたのである。しかしブレヒトは、他人のなしとげた業績を無視してひとりで仕事するのは科学の世界では不可能なことだが、文学においても、先人の仕事を利用することは当然のことだと考えていた。先人の業績を使用してはならないというのは私有財のような考え方である。老子の著作の十分の九は他人の引用だった、とブレヒトは言うが、真偽はともかく、おのれだけからひねりだす思想は、狭く限られたものになりがちである。勿論ブレヒトが独創力に乏しく、それを剽窃によってカバーしたわけではない。ヴィヨンの詩句が使われたといっても、それは完全に吸収され、独自の発想として蘇っているのである。ブレヒトはまさに換骨奪胎《かんこつだったい》の名手であったのだ。

三文映画と「三文訴訟」

こういう状況で「三文オペラ」の映画化の企画が出てきたのは当然である。ネロ映画会社はブレヒトに台本執筆を依頼したが、左翼系から社会的視角が足りないという批判を受けたブレヒトは政治性の強いシナリオ「こぶ」を書いた。会社はこれを不服として契約を破棄し、ラーニアに台本を依頼したので、ブレヒトは訴訟にもちこんだ。結局はブレヒトは二年後に別の映画化を行う権利と補償金を得て引き下ったが、後にこの記録を「三文訴訟」という論文にまとめた。映画産業の商業性を分析し、この枠で仕事をすることは不可能だと結論したものである。ブレヒトの手を離れた映画は、「喜びの街」で有名なウィリー＝パープストの監督（ヴァイルの音楽）で完成されたが、基本線からそれほど外れたものではなく、映画史上に残る名作となった。

映画といえばブレヒトは二八年暮に、短篇小説「野獣」を書いているが、このストーリーは、ロシア帝政時代の残虐な総督の暴政が革命後映画化され、今は落ちぶれた本人が役者に応募してくる話である。「本物」は自分を俳優ほどうまくは演じられないが、一方すべてを芝居風にとらえてしまう俳優が全く気づかぬ点を指摘できるという部分にブレヒトのリアルな観点がのぞいている。

この年ブレヒトが興味を覚えた本としてジョイスの「ユリシーズ」、オットー＝リューレの「マルクス伝」をあげ、ある雑誌のアンケートで感銘をうけた書物を尋ねられて「お笑いになるかもしれないが聖書です」と答えたことは附記しておいてよいだろう。

ファシズム前夜

経済恐慌とシュトレーゼマンの死　一九二八年五月の選挙では社民党と共産党が得票をのばし、ブルジョワ連合政府に代わってひさびさに社民党のミュラーが保守中道連立内閣を作った。ブルジョワ政党と右翼政党はいずれも得票を減らし、ヒトラー率いるナチスはまだ八〇万票一二議席を得ただけだった。シュトレーゼマンは外相に留任し、ドーズ案に代わるヤング案にそって賠償支払の解決に当たり、右翼は人気とりにそれを攻撃した。

こういう状況で二九年一〇月のウォール街株式市場の大暴落が始まり、その余波によって立ち直りつつあったドイツ経済も破壊された。二九年の失業者は二〇〇万、翌年は三〇〇万に達した。折も折シュトレーゼマンが急死し、この情勢を利用した国家社会主義党（ナチス）は、社会主義に失望した大衆の一部や、急進的な国民大衆を吸収してゆくのである。

ブレヒトは二九年のメーデーで、社民党出の警視総監ツェルギーベルの指揮下にある警官隊がデモに発砲する光景を目撃してショックを覚えたという。同年のベルリンの疑獄事件に社民党員もからんでいたことで、社民党は人気を失った。社民党はナチスや国粋人民党や共産党よりも「より小さな禍」として民族保守主義やブルジョワ政党と協調する立場をとった。共産党は独自の立場よりもモスクワの指導によって方針の変わる傾向があった。社民党と共産党の間に統一戦線をもつ戦術が遂に実現しなかったことが、結局は三〇年三月に保守的なブリューニング内閣を成立させ、一〇月に行われた選挙ではナチスの大躍進（六五〇万票、一〇七議席）という事態を招く。ただこの選挙では、共産党も前回より一二五万票も得票を伸ばしている。

ブレヒトが三〇年に共産党に入党したという説は正しくないが、以前共産党にコミットしていた同調者・芸術家が脱落してゆく三〇年以後に、ブレヒトはかえって党に接近するようになる。

新しい形式を求めて

こうした姿勢は、前述した政治や経済の機構までも捉えられる新しいドラマの形式の追求とも関係がある。例えば「大きな形式をもったドラマへのアプローチ」として、ブレヒトはイェスナーの演出した「オイディプス王」（二九年二月）を評価している。イェスナーは戦争直後、階段だけの抽象舞台で「ウィルヘルム＝テル」を演出し、表現主義舞台の流行をもたらした人であるが、決して情感的ではなく、内容を彫塑《ちょうそ》的に強い輪郭で示すような演出を行った。ブレヒトがちょうど教育劇《レールシュテュック》（教材劇、教訓劇とも訳される）という別の様式的な試みを開始した時期であることを考えると興味深いが、それと並行してブレヒトは、普通のドラマの次元ではとらえられぬスケールの大きな主題（経済機構など）を扱う場合には、何らかの簡略化が必要であると考えていた。複雑な現象を、小さな「雛型《モデル》」に還元して捉える試みは、「小麦」でもなされていたが、資本主義的経済機構を、シカゴの肉製品の取引市場という小さなモデルにおいてとらえようとした「屠殺場の聖ヨハンナ」において実現された。ブレヒトは、ピスカートアのように複雑な現象を舞台技術を駆使して捉えようとはせず、簡素なモデル化によってそれを行おうとした。この方向は、ブレヒトの劇の「寓意《パラーベル》」という別の特徴とも無縁ではない。

教育劇とは

教育劇の試みでも、ブレヒトは根本的な命題を最も簡潔な形で提起しようとしている。そのためには、豊かな詩的才能を殺してまで、無味乾燥ともみえるほど抑制した文体を使っている。〈教育〉というと演ずる者が見る者を教育するという風に誤解されやすいが、ブレヒトの場合扱われる主題を素材にして演者と観客がともに学習するのが教育劇なのである。

最初の教育劇「リンドバークたちの大洋横断飛行」は、まずラジオードラマとして書かれた。ブレヒトはこの新しいジャンルに関心をもち、すでに「マクベス」をアレンジしている。この作品では、聴取者（上演なら観客）が朗読するパートが指定されている。こういう参加によって舞台と客席の枠は除かれ、主題をめぐる討論の性格が強くなる。二七年五月に成功したばかりのリンドバークの大西洋横断は、彼個人の成功ではなく、整備士も含めた彼のチームの成功ととらえられ、主役はリンドバークたちと複数形になっている。

ブレヒトは、科学的唯物論の立場から古い観念的な迷妄《めいもう》を打破するために、この飛行を人間の自然への挑戦として捉えたが、「まだ到達されないもの」に対する将来へのチャレンジも含まれている。弁証法的なブレヒトには決して最終的な到達点は存在しないのだ。

この劇は従来のドラマの展開部《エクスポジション》などという約束を無視し、主人公の自己紹介から始まる。

　僕の名はリンドバーク／二五歳です／父はスウェーデン人だったが／僕はアメリカ人だ

これは能の名乗りの形式にも似ているが、登場人物を〈自然に〉他人によって紹介させるというドラマの面倒な手続きが不要になるという経済性のほかに、役者や観客が役に感情移入することが妨げられ、客観的な態度をとれるという利点がある。劇としてはこの夏バーデン－バーデン音楽祭で上演されたが、後にブレヒトはリンドバークが右翼的な言動を行うようになったことを理由に、題名からその名を削り、「大洋横断飛行」と改めた。

教育劇は簡素ではあるが決して単純ではない。同時に上演された「諒解についてのバーデン教育劇」は、前作とは逆に、横断に失敗して墜落した飛行士の物語であるが、墜死した飛行士が〈個性〉を捨て、共同体のために「無名のものとして」（英雄にならずに）死ぬことを諒解するかどうか、というのがひとつのテーマであり、一方救いを求める飛行士に対しては「人間は人間を決して救わない」ことが明らかにされる。ここにはブレヒト独自の革命観がひそんでいる。抑圧や搾取に基づく現在の社会は、人間が人間を襲うことによって成立している。「三文オペラ」では「人間は何で生きるか？　人間は人間を襲って剝いで締めてばらして生きるのだ。これだけが生きる道……」と歌われている。こういうパターンは、社会を根底から変革しない限り変わらない。抜本的な変革が遂げられていない状況で、小さな救いを与えることは、変革の必要性の自覚を遅らせ、現状維持に役立つことにしかならない。ブレヒトが容赦なく非情性を示すのは、この本質を徹底的に認識してはじめて、変革（革命）の必然性が自覚されると考えるからだ。この作品で巨大な人形を使った道化芝居や、残酷な記録写真を用いて、非情さをことさら示すのは、実はいまだ到来しない「人間が人間を助ける世界」にむけての大転換を促すための逆療法なのだ。この変革のためにはまた個人が共同体のために自己放棄する諒解が必要となるのだが、この二つの視点を結びつけるのはそれほど容易ではない。

曲はパウル＝ヒンデミットがつけたが、作曲の段階で彼が台本まで改訂してしまった。このことが、彼とブレヒトの立場の相違を明らかにすることになり、以後ふたりの協力は二度と行われなかった。音楽祭の上演に居合わせた大劇作家ハウプトマンは、作品の挑発に耐えられず途中で憤然と退席したという。

失敗した「ハッピーエンド」

「三文オペラ」に続く作品として、ブレヒトはシッフバウアーダム劇場のために、女流作家フライサーの「インゴルシュタットの工兵隊」を改作上演した。偏狭な田舎町にやってきた工兵隊員と町娘たちのさまざまな関係を乾いた目で見たこの作品は、七〇年代に再評価されている。ブレヒトのスキャンダラスな演出が検閲に触れて話題になった。続いてハウプトマン女史と共作で「ハッピーエンド」を書き、「三文オペラ」初演一年後の八月三一日に同じヴァイルの作曲で初演したが、今度は興業的に失敗した。もともとドロシー＝レーンという架空のアメリカ作家を原作者として挙げてあったこの作品は、ブレヒトの全集にはソングだけしか収められていない。

シカゴの裏町を舞台に、ギャング団を改心させようとする戦闘的な救世軍の女少尉と、彼女に惚れこむギャングの恋が、最後のどんでん返しによってハッピーエンドに終わるというたわいのないストーリーだが、恋人どうしがそれぞれの組織から逸脱して粛清されかかるというのは本来は深刻なテーマである。現在でもよく上演され、娯楽劇としては質の悪い作品ではないが、大失敗に終わったのは、パロディ的なハッピーエンドの幕切れに、フォードを始めとするアメリカの大実業家の写真を聖人のように持ちだすという挑発姿勢のためではなかったろうか。たんなる娯楽とすると、この攻撃的挑発は行きすぎだと言えよう。この失敗作は、やはり救世軍の登場する本格的作品「屠殺場の聖ヨハンナ」と関係が深い。

この頃ブレヒトは脱走兵の劇「ファッツァー」や、「屠殺者ジョー」「パン屋」などで劇の新形式を模索していた。これらの作品は最も大胆な試みであるために完成稿に至らなかった。二九年の経済恐慌の突発を、資本主義の終焉を裏付けるものだと受け取ったブレヒトは「小マハゴニー」を完全なオペラ台本「マハゴニー市の興亡」に改作した。誇張された資本主義世界のモラルをもつこの町はそれゆえにこそ破滅するのだ。このオペラは三〇年春にライプツィヒで初演されたが、反感をもった観客が上演を妨害するという騒動になった

「劇的演劇」と「叙事的演劇」

こうした音楽劇とのかかわりのなかでブレヒトが従来のオペラの否定をめざしていたのは勿論であるが、自分の演劇との相違を明確にしようと試みるうちに、従来の「劇的」な演劇と、彼の「叙事的」な演劇の比較対照図式が書かれることになった。ただし図式化という性質上、極端な対比が行われており、文字通り受けとると誤解される恐れもある。

演劇の〈劇的〉形式	演劇の〈叙事的〉形式
舞台は出来事そのものをあらわす	舞台は出来事を物語る
観客を舞台の行動にまきこむ	観客を観察者にする
観客の行動性を消費する	観客の行動性を喚び起こす
さまざまな感情を起こさせる	判断を下させる
観客に体験を伝える	観客に認識を伝える
観客は行動のなかにひきこまれる	観客は行動と対決する

暗示《サジェッション》が用いられる	論証が用いられる
所感が蓄積される	認識にまで高められる
人間は自明のものとして示される	人間は研究の対象となる
不変の人間	変りうる、変化を遂げてゆく人間
結末への興味	過程への興味
ある場は他の場と密接に関連する	どの場もそれ自身独立する
事件は直線的に進む	カーブを描いて進む
自然は飛躍をなさず	飛躍
今のままの世界	変わってゆく世界
人間はこうだと示す	人間はこうでなければいけないと示す
衝動	動機
思考が存在を規定する	社会的な存在であることが思考を決定する

この表にははじめは感情―理性、体験―世界像、生成―モンタージュ、継起的必然性―飛躍というようなもっと端的な対立図式も含まれていたが、後には、ブレヒト演劇は一切の感情を否定しているというような誤解を生んだために削除された。

要するに、従来の演劇は、ある事件（行動《アクション》＝筋）の成りゆきを継起的に（順々に）、これ以外にはなりえないという風に進めてゆき、観客も事件はそうしかならなかったし、人間はつねにこのようなものだと思いこみ、劇の与える世界に何ら不審の念を抱かずに麻酔にかかったようにひきこまれ、そのなかで事件を体験するだけである。ブレヒトの劇では、行動には別の選択の余地も残されており、観客は再現されている事件にひきこまれることなく、与えられた事件の過程や動機を自分でも考えてみる。その意味で、観客の行動性（芝居への参加）が、無駄に消費されることなく、かえって主体的に考える行動性が喚起されることになる。ブレヒト演劇の特色は、芝居をみたあとで考える《ナッハデンケン》効果だともいわれるが、そのためにも浄化《カタルシス》があっては困るのだ。また従来の劇は一場を除いても全体がこわれるような構成を重視していたのに対し、ブレヒトの作品は一場一場がモデルケースになるような状況での人間の反応、行動を扱っているから、他の場との相関的関連はさほど重要でない。例えば「ガリレイの生涯」は現在は最終場をカットして上演されるが、普通のドラマだったらこんなことは考えられない。異化効果は、こういう叙事的な演劇の要素、過程への興味を喚起するためにも使われている。

　ブレヒトは、非情な日常生活を送っている人が、芸術の殿堂（劇場）に入ってクロークに外套をあずけた途端に、日常の態度まであずけてしまい、崇高な世界に入ってゆく、と皮肉っている。そこでは日常と関係ないきれいごとの世界が描かれ、日常とは違う感覚が基準になる。日常の生活が汚いからこそ、こういう美の殿堂で心の洗濯をして人格を清めるべきだ、と考えたのが後年のゲーテやシラーの教養的な演劇理念であった。だから彼らは後年の作品では日常性をさけ、理想化された世界を劇場で示そうとした。それで日常人の人格が陶冶《とうや》されるならよいのだが、クロークであずけた荷物をとり戻した観客が、けろりとまた日常の世界に戻るというのだと、劇場は現実離れした場所になってしまう。ブレヒトが攻撃したのは、形骸化してただ現実離れした場になってしまった劇場で、こういう劇場を彼は「美食的《クリナーリッシュ》」（ごちそう的）と定義した。彼は時によっては、わざと美食的な特色をなぞったり誇張したりしてそれを批判しようとする。「三文オペラ」や「マハゴニー」のいくつかのソングは、感傷や情感をことさらなぞるという逆手によってそのあり方を批判するという手のこんだやり口も使われている。特にオペラはもともと演劇よりも情感的（劇的）な芸術だから、「感情に訴える」点を批判するには、オペラの方が容易である。ブレヒトは「マハゴニー」を従来のオペラと対照する図表も書いている。

劇的オペラと叙事的オペラ

劇的オペラでは音楽は台本の情感を高め、台詞の内容そのものよりも、心理状況をなぞるような絵解きとして使われている。叙事的なオペラでは、音楽は台本の内容を伝達したり、解釈したり、台本に対してある姿勢をとったりする。古いオペラではメロディーの美しさがなにより優先し、音楽はせいぜい人物の喜怒哀楽という情調を示すにすぎなかった。ヴァーグナーの楽劇は、台本の心理と音楽の対応に留意した点では革新的だったが、古い意味の

「劇」の台本を尊重しただけのことである。ブレヒトの場合は、音楽が台本に奉仕したわけではなく、音楽も台本も美術もそれぞれの要素が独立し、相互に拮抗《きっこう》しながら存在しそれによってテーマを明確化する。ヴァーグナーの綜合芸術は全要素が融合しているが、狙いは観客を酔わせ圧倒することであろう。それぞれの要素が独立するという形は想像しにくいかもしれないが、音楽は情感的でセリフの内容は残酷という場合もありうるのだ。マハゴニーのなかの人間の薄情なことを歌うソングはひどく美しいメロディーをもっている。売春宿の前で順番を待つ男たちの合唱がタンゴのメロディーで行われる。もちろん情感をなぞる場合もないわけではないが、音楽は快感を与える必要はなく、不快な内容を示すために不快な音楽であってもいいことになる。作曲家は作詞に対して自分の立場を作曲に示せばよい。

示す演劇

俳優が役にならなくてよいというのもこれに似ている。俳優はリア王になって行動するのでなく、リア王の行動に対する自分の驚きや不思議さをコメントするのである。ブレヒト演劇は役になる劇《ザイン》ではなく役を示す演劇《ツァイゲン》といわれるのはそのためである。役になって役の人物の行動を全部是認してしまうのではその行動は異化されない。行動のなかには必ず歴史的社会的状況によって規定されるものがあるはずだが、ブレヒトはこれを仕草《ゲストゥス》とよびそれを発見して演じる方法を考えたのである。「マハゴニー」は普通のオペラ劇場でとも角も上演されたという点で、まだ「美食的」な部分が残っていたが、本来はこのような試みは、既成の音楽界からは拒否されるほうが自然であろう。三〇年ベルリンの新音楽祭に参加するはずだった教育劇「処置」は内容が政治的という理由で拒否された。ブレヒトはこれに対して抗議文を発表したが、この作品の本来めざしている観客を前にして上演する決意も述べている。それは芸術のために金を払わず、金もとらない人々、労働者劇団や素人劇団、学生コーラスや学生オケを母胎とした組織である。この時期は、政治運動の高揚とともに、労働者の演劇運動も盛んになっており、ブレヒトはそういう層の人々にも接近するようになった。大恐慌以後は、不景気が演劇界にも反映し、一時順調だったピスカートアの政治劇場でさえ戦線を縮少する事態に追いこまれた。演劇界の不振な時期がかえって労働者劇団の発展を生みだした感じで、「処置」の上演も三〇年一二月に、そういう形態で実現されることになった。

学校用オペラ「イエスマン」

「処置」の前に、もうひとつの教育劇「イエスマン」（ヴァイル曲）をみておこう。労働階級とは別の意味で、まだあまり演劇を見る習慣のない、その意味ではフレッシュな観客である生徒を対象に考えた「学校用」オペラである。日本の能「谷行《たにこう》」（金春禅竹作）がウェイリーによって英訳され、それをハウプトマン女史の独訳で読んだブレヒトは、諒解というテーマに興味をもった。母の治癒祈願のために山伏の修行に加わった少年松若が、病いに罹り、大法によって谷行(谷に投げこみ上から岩石を落として埋める)に処せられる。鬼神物である原作では、松若の考心を賞《め》でた不動明王が鬼神に命じて松若を救わせるのだが、ウェイリー訳はそこはカットして残酷な処刑で終わっている。そこでブレヒトは、修行に耐えられなくなった少年が掟に従って谷行に処せられることを諒解するかというテーマと受けとったのである。原作には病気に罹ったものを忌《い》み嫌う要素があるが、それはこの場合考慮されていない。後になって不浄を忌む要素を政治的な粛清の暗示と関係づける解釈が行われたが、スターリンの粛清事件はずっと後のことで、この作品を書いた時の関心ではなかった(私もこのたぐいの批判をうけたことがあるが、この場をかりて反論しておく)。

ブレヒトの改作では、少年は、先生(師、先達)に率いられた学生(山伏)の研究旅行に同行し、病気になり、掟に従って谷行を受けることにイエスと答える。地謡《じうたい》はコーラスになっており、始めと終わりに「諒解(納得)を学ぶことは重要だ」という歌が入っている。このオペラはカール＝マルクス高校の一一〜一六歳位の生徒の前で演ぜられたが、多くの生徒たちは、残酷な掟にちょっと躊《ため》らっただけで「イエス」と答える少年の態度に疑問を呈した。そこでブレヒトは、条件を変え、少年の住む村に伝染病が起こり、その特効薬を得るため危険な山越えの探険隊が組織されることにした。病気の少年のために、旅程を遅らせるわけにはいかない。共同体の安危にかかわる問題である。だから少年の「諒解」は共同体のための自己犠牲という重味が加わる。しかしブレヒトは、生徒の反応を考えて、別のヴァリエーション「ノーマン」(否を言うもの)を書き、この二つを同時に上演することを薦めた。「ノーマン」は、状況は初稿と同じ研究旅行に戻され、病気になった少年は山におきざりにされることを諒解するかと尋ねられると、「古くからの慣習《しきたり》（大法）は理性的なものだとは思いません。いますぐ始めなければならぬ新しい慣習が必要です。めいめいが新しい事態に遭うたびに新しく考えていくという掟です」と言う。古い慣習に縛《しば》られずに状況に応じて新しい対応を考えるというのもブレヒト的な考え方だ。それでも共同体の安危がかかっている場合には、やはり厳格な「諒解」が求められるということになるのだろう。これは「処置」で提起された諒解と同じ厳しい態度である。なお現行の全集には初稿は収録されておらず、作曲は初稿にしかついていない。

教育劇「処置」

「処置」では背景は全く政治的な場に移される。革命運動支援のためモスクワから奉天に派遣された四人のアジテーターのうち、インテリ出身の若い同志が、潔癖感と個人的英雄主義から活動を誤り、地下運動全体を危険に陥れるので、やむなく他の同志に抹殺される。彼自身も抹殺されることを諒解する。無事に活動を終わって帰国した三人は、この事件を指導部に報告し、この処置に対する批判を仰ぐ。三人は裁判所の陳述のように、状況を説明するため交互に役を代わりながら、事件のあらましを「再現」してみせるわけで、「街頭の場面」で述べた方法そのままである。統制コーラスはこの事件の判断者であるが、観客全員がそのパートを読む（歌う）ことが望ましい。大ベルリン労働者合唱団と共催で行われた上演はほぼこの形に近かったと思われる。作曲者ハンス＝アイスラーは、シェーンベルクの弟子だったが、社会的な姿勢においてはヴァイルよりブレヒトに近く、以後彼の協力者となって作品の創造過程にも加わった。

「処置」では「バーデン教育劇」でも扱われた個性の放棄という問題が前提となっている。革命の戦士たちは活動に移る前に、無名の人間になることが要求され、劇のなかでは各人が名前を捨て、仮面をつけることによってそれが示される。若い同志はインテリ出の弱さから個性に執着し、観念や理想にとらわれ、戦術的に階級の敵を利用したり、最終目的のために目先の悲惨に目をつぶることができず、いわばハネ上がって、素顔を見せてしまい、他のアジテーターを危険に陥れるので、目的遂行のため仲間の手で粛清されなければならなくなる。「共産主義のために戦うものは／戦うことができ／同時に戦わぬことも知らねばならぬ／真理を告げ／時には真理を告げてはならない／務めを果たし／時には果たしてはならない……共産主義のために戦うものは／ありとあらゆる美徳のうちでたったひとつの美徳を備える／それは共産主義のために戦うということだ」これが統制《コントロール》コーラスの歌う厳格な掟であり、至上の目的達成のためには、いかなる手段も（正反対のことも）許されるという鉄則が基準になる。このような絶対化はブレヒトとしては異例なことだが、ブレヒト自身が自己のプチブル的インテリ的な弱さを意識しており、その清算のためにこのような厳格主義を課題にしたともいえる。

ブレヒトはその主張からして悲劇を否定しているが、ここでは党の鉄の規律と個人の行動の間に古典劇の葛藤《かっとう》に似たものがあり、結果として他の作品にはない悲劇性を備えることになった、と指摘する人もいる。またこの劇も後のスターリニズム粛清を予言することになったといわれるが、肯定したというのは曲解である。三人の同志は無誤謬と思っているわけではなく、コーラスはある状況下でこの処置をやむを得ないと判定しただけなのだ。それでもブレヒトは、後には誤解を恐れてこの作品の上演を許可しなかった。もともと教育劇は、演ずる人が学習することも大事なのだが、この作品では、観る人が低次の道徳的な激情をもつ恐れがある、というのが禁止の理由であった。

「大洋横断飛行」以後の作品からは、ブレヒトは作品順に「試み《フェルズーヘ》」何番というタイトルをつけ、まるで大学ノートのような簡素な装幀で作品を発刊し始めた。一作ごとが新しい試みという意気ごみである。三〇年にベルリンで客演された、ソヴィエトの演出家メイエルホリドの「吼《ほ》えろシナ」(トレチャコフ作)からはブレヒトは非常な刺激を受けたが、芸術的にも革命的な実験を行っているこの演出家が、九年後には形式主義というレッテルを貼られてソヴィエトで粛清されてしまうことを、彼はまだ予想していなかったであろう。

単純ではない「母」

この頃ブレヒトはロシア人の女優アンナ＝ラチス(友人ベルンハルト＝ライヒの妻)を通じて、思想家ベンヤミンと深い親交を結ぶようになった。ベンヤミンは彼のよき理解者となり、亡命中に自殺するまでにすぐれたブレヒトの作品論をいくつか残している。実現はしなかったが、ブレヒトとともにハイデッガー哲学を粉砕する計画を立てたこともあるという。この頃はマルクーゼすらもハイデッガーの影響を脱していない頃であった。ブレヒトがカフカの「シナの長城の建設」を読んで興味を示した(三一年)のも彼の薦めによるものであった。

この年ブレヒトは「男は男だ」を状況にあわせて改作演出し、初夏には南仏で静養したあとで、ルーマニア出身の映画監督ドードゥ、労働者小説の作家オトワルトと協力して、映画「クーレーワンペ」のシナリオ草案を考え、またドードウ、劇作家ヴァイゼンボルンとゴーリキーの「母《おふくろ》」の劇化を始めた。「屠殺場の聖ヨハンナ」もこの年にほぼ脱稿している。これらの仕事は三二年にさまざまの障害を越えて一応公開されることになる。

三一年冬ベルリンで「マハゴニー」の演出をすると、ブレヒトは直ちに「母」の稽古にかかった。ロシアの革命的な母《おふくろ》ペラゲーア＝ウラーソワの物語を、ゴーリキーは一九〇五年までしか追っていないが、ブレヒトは彼女の発展を一七年まで扱っている。この時点のドイツの状況にあわせて自由な改作が行われているのである。

はじめは私有権という先入見にとらえられて、息子パーウェルの革命運動に強く反対していた母は、息子を危険に陥れないためにアジビラ配りを引き受けたことから次第に目を開かれ、やさしくて強靱で、狡猾で有能な革命家に成長してゆく。どうしたら生きられるか、という素朴な疑問に解答を与えてくれる唯一のものは共産主義だと理解したからである。「ジャングル」の息子と母は全く通じない言葉でしか喋れなかった。母は息子に「お前風に（無対象のものに）向かって喋っているのかい？」と言う。だがここでは母と息子はひとつの事柄（共産主義）によって結びつけられており、息子が処刑された後もこの連帯感が母の活動を支えてゆく。

息子パーウェルが脱獄亡命に失敗し銃殺された報告は労働者の合唱で伝えられる。

> 同志ウラーソワ、あなたの息子は／銃殺された。しかし彼が処刑の壁に歩みよった時／彼は自分の同類によって作られた壁に歩みよったのだ／彼の心臓に向けられた小銃も弾丸も／彼の同類によって作られた。作った連中は、消えたり追っ払われたりしてしまったが／彼らの手で作りだしたものの形では彼の前に残っていた／彼を銃殺する連中でさえ／彼と違わぬ連中だった／そして永久に悟らぬ連中ではなかった／確かに彼はまだ、自分の同類の鍛えた鉄鎖を、自分の同類によってかけられた。だが／工場はどんどん増えていく／煙突を連ねて。それを彼は刑場への道で見た／朝だったから―処刑者は朝連れ出されるしきたりだった―／工場はからっぽだったが、彼はその工場が／あの大軍で満ちあふれ／さらにふくれあがり、数を増すのを見た／でも彼を壁に連れていったのは彼の同類だった／それを理解した彼はまたそれを理解しなかった

最後の行は直訳調に訳した。理解した彼が理解していないというのは矛盾したような構文だ。しかし全体の内容を追うと、同じ階級出身の警官や兵士（権力者の手先）に逮捕され、同じ階級の労働

者によって作られた弾丸によって銃殺される革命家が、一方ではその連中がいつかは階級意識に目ざめるだろうという希望を捨てない、現状の認識と未来の希望が対置され交錯しながら、終行の理解し（現状を）理解しない（この現状を否定しては同類の目ざめを期待する）というアンビバレントな構文に達する。この文章は単純だが、矛盾を孕《はら》み、異化されていて、聞く人に熟考を強いるのである。この文体をみても「母」が単純なアジプロ劇でないことが理解されるだろう。

小市民階級や失業者がナチスにからめとられてゆく状況のなかで、ブレヒトは行動しようとしない知識人や権力者の手先となって自分の階級に銃をむける警官や兵士を描いた。母《おふくろ》の狡猾な反戦アジテーション（戦死者を讃えるふりをして戦争の悲惨さに気づかせる）なども直接に有効性をもつ方法であった。この作品はすでに、非公開でしか上演が許可されず、三二年一月に貸切り公演という形で熱心な活動家だけを観客として上演され、後の討論の結果をとりいれて台本を毎晩変更していったが、二月末のモアビット区での上演は遂に火災予防という口実で禁止されてしまった。

この時女中役を演じた労働者出身の女優マルガレーテ＝シュテッフィン（愛称ムック――おこりんぼ）は、以後ブレヒトの有能な協力者となり、「革命の女戦士」とよばれる（晩年の恋人ケーテ＝ライヒェルも女中役でデヴューした）。

より少なき禍

三二年三月の大統領選挙には、ヒンデンブルクに対抗して遂にヒトラーが立候補した。社民党は、「より少なき禍」のためにヒンデンブルクを支持したので、共産党の立てたテールマンは全く勝目がなかった。「ドイツでファシズムがいやましに強くなった時」というこの頃書かれたブレヒトの詩は、社民党に社会主義統一戦線を望んだものであるが、ともかく帝政主義者ヒンデンブルクは、社民党の支持によってヒトラーに圧勝し、社民党のいう最大の禍は避けられたかに見えた。だがシュライヒァー将軍の策謀によってブリューニング内閣が崩壊し、中央党のフォン＝パーペンが右翼的な内閣を組閣した。七月の選挙ではナチスが第一党に躍進したが党の矛盾があらわれて次第に人気を失い、解散後の一一月の選挙では大幅に得票数を減らし、それに対して共産党は異常な躍進をとげた。ナチスはこの時期には資金が底をつき、党内左派をかかえ、まさに危機状況にあったのだが、野心家シュライヒァーがこのチャンスにみずからパーペンを追い落として首相の座に就いた。しかしパーペンは暗躍して財界や工業界とヒトラーを仲介し、シュライヒァー追い落としの計画を進めた。パーペンはヒトラーに首相の座を与えるが、ナチスの閣僚数を制限することで、ヒトラーを制御しうると考えた。こうして一月三〇日に大統領はパーペンに説得されてヒトラーを首相に任命した。だがこれは全くの見込違いであった。憲法護持は空約束になり、三月に行われた選挙運動には突撃隊が公然と暴力行為を行った。共産党も命を賭して戦った。選挙が期待する結果を望めそうもないとみると、警察力を手中にしたナチスは別の手段をとった。二月二四日、共産党本部が襲撃され、武力蜂起の計画が「暴露」された。その三日後、国会議事堂放火事件が起こった。二八日には何も知らされぬ大統領は緊急令に署名し、憲法は停止した。ただちに共産党員の逮捕が始まる。こうした強引な干渉によって行われた三月の選挙でようやくナチスは六〇〇万票を増やし、右翼政党である国粋人民党と合わせて過半数を得、以後雪崩のように一党独裁の道を進んでゆく。このめまぐるしい政情は後に戯曲化されて「アルトゥロ＝ウイ」というギャング劇のなかにも示されているが、そういう背景を考えながら、三二年のブレヒトの活動を追ってみよう。

「屠殺場の聖ヨハンナ」　「母」の上演妨害のあと、三月には完成した映画「クーレ－ワンペ」の上映も禁止され、進歩的な芸術家のプロテストが行われた。「屠殺場の聖ヨハンナ」は辛うじてラジオで放送されたが、舞台上演は二七年後にようやく実現する。

シカゴの屠殺街《パッキングタウン》の貧民の悲惨な状況を救うために、使命感に燃えた救世軍少尉ヨハンナ＝ダーク（ジャンヌ＝ダルク）は、肉製品市場にのりこみ、製肉王ピアポント＝モーラーと対決する。彼は牛肉を隠匿《いんとく》して値を吊り上げ、同業者を屠《ほふ》ってゆく冷血漢だが、涙もろい人情家にも変貌する二重人格者である。このジキル－ハイド氏式の人格分裂者を、ブレヒトはチャップリンの「街の灯」などからもヒントを得て、以後度々《たびたび》自分の作品に登場させている。「三文オペラ」のピーチャムは「誰だって善人になりたい、でもこの世の仕組がそうさせない」と歌うが、人間を心ならずも非情にさせているのが現在の社会機構だとすれば、機構そのものを根底から変えぬ限りこうした現象はなくならないという結論が用意されている。一方で自分の善なる分身をつくって罪ほろぼしをすることは何の解決にもならない。モーラーの場合などは、人情に動かされて行ったビジネスマンとしては軽率な行為がかえって好結果をもたらすという偶然（計算？）が起こるから、この分裂は悲劇的ではない。この作品のテーマの担い手は、モーラーが奇妙な親近感を抱くヨハンナである。神に仕える身としては行きすぎの、社会のどん底に潜ってまで悪や不正の根元を探ろうとした彼女は、ゼネストの必要も理解しながら、暴力という言葉にたじろいでゼネストそのものを失敗させてしまう。暴力やテロは、いかなる条件下でも拒否してしまう彼女の反応は、典型的な知識人や小市民の反応であり、ブレヒト自身も自分のそういう弱さを意識していたように思われる。瀕死《ひんし》の状態で発見され、教会にかつぎこまれたヨハンナは、初めて「暴力が支配しているところでは暴力だけが助けです／人間がいるところでは／人間だけが救いなのです」と学びとった認識を語りかけるが、その末期の声は、実業家たちの援助をうけることになった教会の大合唱にかき消され、死んでゆく彼女は聖女に祭りあげられる。

株式市場に登場する製肉業者、仲買人、牧畜業者などのグループ、ストライキをする労働者のグループはコーラスを唱和するし、ビジネスマンたちが、古典的な五脚抑揚格《ストレス》の韻文を喋ったりするのは、ただのパロディではなく、そういう文体で発言をきわだたせる異化の意味もある。「パン屋」でも失業者たちがコーラスを唱和するが、日常的な文体しか喋らないはずの彼らがモニュメンタルな文体を喋ると、その文章はアンダーラインをひいたように異化され、内容の特殊性を強調することになるはずである。

映画

「クーレ－ワンペ」

映画「クーレ－ワンペ」は四月に、数場面をカットする条件で検閲を通った。すでに失業者が六〇〇万を数える状況のなかで、ブレヒトは飛び降り自殺した失業青年が、腕時計は前以てはずしておいたという記事を読み、それをシナリオの出発点とした。死んだ青年の一家は家賃滞納で家を追われる、社会保障は空文である。妹アニーの友人フリッツの助けで、一家はテント集落「クーレ－ワンペ」(原意は凹んだ丘、すき腹)にねぐらをみつける。アニーはフリッツの子を宿し、世間態から結婚することになる。このストーリーは、初期の茶番劇「小市民の結婚式」に似ている。ここでも花嫁は妊娠しており、自慢の手作りの家具が次々と壊れてゆくことによって、小市民の生活の表面的な体面が暴露され、その頼りなさが示される。アニーのプロレタリアの結婚式では、彼女は妊娠→世間態からの結婚に疑問を感じ、式後すぐ彼と別れるが、自立するためには子供を処置しなければならない。ドイツの堕胎法(二一八条)はごく最近まで死文にならなかった法律だが、この時期には貧民の生活苦を増すという意味で社会問題になっ

映画「クーレ－ワンペ」のポスター

ており、党作家ヴォルフもこのテーマで「シアン加里」を書いている。

子供をおろしたアニーは、労働者のスポーツ大会に参加する。ブレヒトが「連帯性の歌」を書いている、この祭典の場面は圧巻である。ナチスが左翼陣営にまで喰いこんで党員を拡大している状況に対する、有効な反撃であった。ブレヒトの好んだスポーツが、ここでは興業の枠から離れ、労働大衆の自主的祭典となっている。ラストシーンでは、祭典から帰る労働者たちが国電のなかで、小市民や保守的な意見の人々と世界の変革について議論するところで終わっており、解答はオープンになっている。ブレヒトの作品として珍らしいのは、アニーを通じて女性の自立と解放というテーマに触れている点であろう。

労働者劇団出身の俳優（晩年また協力者になったエルンスト＝ブッシュ）、多数の労働者スポーツマン、労働者コーラスの協力によって作られたドードゥ監督のこのトーキー映画は、映画制作の新しい可能性を示すものであった。

ブレヒトは、ドイツより早かったこの映画の公開のために五月にソヴィエトに赴き、旧知の劇作家トレチャコフや女優ラチスにも会った。ソヴィエトの〈一〇月の演劇〉の代表的演出家タイーロフの「三文オペラ」にはあまり感心しなかった。タイーロフの「解放された演劇」を読んでも、ブレヒトならこの演出家を情緒過多とみるだろうと推測される。

この夏ブレヒトは、一家とアマー湖畔（バイエルン）に買った家で過ごし、秋にはコルシュをチューターにして何度もマルキシズムの学習会を開いている。

亡命の旅へ

以前から着手していたシェイクスピアの「以尺報尺」の改作は、この時期に「まる頭ととんがり頭」という時事的な作品になった。南米の架空の国で、労働者農民の蜂起に手を焼いた地主を主とする支配階級が、革命鎮圧のため、一時的に、奇妙な種族理論をふりまわしているイーベリンに政権を与え、階級闘争を種族闘争にすりかえようとする。この案は成功し、傀儡《かいらい》イーベリンは、役割を終えると復権した旧勢力に手綱を握られ、種族理論を撤回せざるを得なくなる。この頃フォン＝パーペンの考えたナチス操縦の筋書きはこれに近いものだったが、現実にはナチスは、旧勢力の見通しよりはるかに巨大化し、ユダヤ人抹殺という狂気の理論を実行に移してしまったのである。ブレヒトもこの作品ではユダヤ人（とんがり頭）とアリアン人（まる頭）の対立という理論は階級闘争の視点を曇らせるものとして有害で、実は貧富の階級的対立があるだけだと強調している。結局はまる頭ととんがり頭の支配階級同士は手を結んでいるのだから、両人種の被搾取者階級の連帯が必要なのだ。この作品のサブタイトルが「同類は集まる」（類は友を呼ぶ）となっているのは、そのためである。「異化効果」という言葉はこの作品の注ではじめて用いられたが、まだ外形的な異化しか意味していない。

ヒトラーが政権を獲得し、突撃隊が公然と暴力を使いだした三三年二月に、ブレヒトは小さな手術のために入院することになった。だが国会放火事件の翌日、彼は病院をぬけ出し、ヴァイゲルと長男のシュテファンを連れてプラハ行の汽車に乗り込んだ。祖父の家にいた五歳の娘バルバラは残してゆかなければならなかった。ブレヒトの名は、共産主義活動を行う作家として警察のリストに記載されており、ヘレーネ＝ヴァイゲルはユダヤ系だったから、状況は切迫していたのである。だがブレヒトに直ちに亡命を決意させたのは政治的な信念であった。転向を表明し、前非を悔いさえすれば、ナチスに受けいれられる可能性も十分あったことは、他の多くの実例が示している。一流の作家や文化人すべてに背をむけられるのは、ナチスにとって好ましいことではなかった。そこで誤った理想主義から共産党に入ったと認めれば、いわゆる「高貴な共産党員《エーデル＝コムニスト》」として受けいれられ、要職さえ与えられた（例えば俳優ハインリヒ＝ゲオルゲ）。ソ連に亡命したピスカートアにさえ、ゲッペルスの内意をうけたイギリスの演出家ゴードン＝クレーグを通じて帰国の打診があったという。

三三年二月二八日から、ブレヒトは明日の生活の保障もない亡命生活に旅立ち、〈靴の底を変えるように〉転々と国を変えながら、一五年を国外で送るのである。

Ⅱ

戦火のヨーロッパ

デンマークの藁屋根の下で

亡命地を求めて　一九三三年三月プラハに到着したブレヒトは、ここが仕事を続けられるような状況でないことを見てとると、直ちにヴァイゲルの生家のあるウィーンにむかい、そこで「処置」の稽古に来ていたアイスラーや社会学者シュテルンベルク、旧知の出版業者ズーアカンプに会った。ドイツの資産はすべて凍結されてしまったので、新しい出版契約の相談ができたことは救いであった。ウィーンでは、ベルリン以来の友人で「松明《たいまつ》」の編集をしているユダヤ系作家カール＝クラウスもまだ活動を続けていた。しかし亡命地としては先の見通しが暗いので、単身でチューリヒに赴いてみると、偶然泊ったホテルで「リンクスクルヴェ」紙の編集長だったケルバーに再会し、デーブリン、アンナ＝ゼーガース、フォン＝ブレンターノなどとも連絡がとれた。ルーガノ湖畔に住むフォイヒトヴァンガーを訪れて、そこに亡命芸術家のコロニーをつくる案も検討してみたが、結局はブレヒトはケルバー夫妻の好意でテッシン州カローナの家を借り、家族を呼び寄せた。こういう折に、パリにいるヴァイルから、「バレエ一九三三」という催しのために台本を執筆しないかという問合わせを受け、直ちにパリに赴いて、わずか数日でバレエ台本「小市民七つの大罪」を完成した。

ルイジアナの片田舎から、成功を夢みて大都会にでてきた娘アンナが、故郷に家を建てるために身を粉にして働く物語である。そのためには彼女は、七つの大罪を犯さぬような禁欲的な生活、つまり自然の生き方に反する生活を送らねばならない。アンナはⅠとⅡに分裂していて、バレリーナの演ずるアンナⅠが人間的に生きようとすると、歌手の演ずる分身アンナⅡがそれを叱咤《しった》激励して正しい道（非人間的打算的な生活）にひきもどす。アンナⅠは自分を商品として身を売らなければならないから、食欲を抑えて節食せねばならず（従って「大食」の罪に陥らず）、金持の旦那《だんな》の目を盗んで愛人とつきあうことも許されない（従って「姦淫」の罪に陥らない）。ここでは禁欲的な戒律が、現代に必要な非情な生き方を巧みに合法化していることが皮肉に示されている。ヴァイルは「三文オペラ」と同じように、甘美な音楽をなぞることによって虚しさを高めたりする。彼の妻ロッテ＝レーニアがアンナⅡを歌い、バランシンの振付けによって三三年六月にパリで上演されたが、バレエの観客にはこの試みは新しすぎてあまり反響はなく、この結果に失望したヴァイルとの仲はやや疎遠になった。後にヴァイルはブロードウェイに迎えられて興業的にも成功するが、ブレヒトと共同の仕事はこれが最後になった。

当時パリはドイツからの亡命者で溢《あふ》れていた。六月には日和見の社民党までナチの弾圧が及んだので、亡命者の立場も多種多様であった。ユダヤ人の亡命者と政治的亡命者の反ナチ運動には共通点が少ないし、左翼の亡命者たちも内部分裂に明け暮れる有様で、共産党だけでも二五の分派があり、党外にもいくつもの別の組織があった。ブレヒトは常に階級闘争を優先させる立場をとったが、今こそ統一戦線を組む必要のあるこの時に左翼の人々が分派抗争で精力を浪費している状況に心を痛め、積極的に内紛の調停役を買って出たという。彼は各派に友人がいたが、プロレタリア革命作家協会の書記長をしていたベッヒァーに、亡命期を耐えぬくための建設的な提案を行っている。

「赤のルート」

パリにもそれほど仕事の可能性がないのを知ったブレヒトは、女流作家カリン＝ミハエリスの斡旋《あっせん》でデンマークのトゥーレー島に行ったヴァイゲルの後を追った。アウグスブルクの父の家に残された娘のバルバラもイギリス婦人の手で無事国外に連れ出された。結局ブレヒトは永住の覚悟をきめて、八月にフューン島スヴェンボリ近郊の農家を手に入れ、改築にとりかかった。デンマークの人びとは亡命者に対しては寛大で親切だったが、ドイツの政変についてはあまり危機感を抱いていなかった。ブレヒトが後に書いた政治寓意の茶番劇「ダンゼン」では、デンマークを擬人化した気のいい豚売りダンゼンが、隣に越してきた暴力団まがいの男にも、逆らいさえしなければ友好的な取引ができると思い、結局無抵抗のまま殺されてしまうのである。

ルート＝ベルラウ

住まいのめどもついたので、ブレヒトは九月に再びパリに戻った。「歌、詩、合唱」の出版のためで、原稿はもう彼と秘密の深い愛情で結ばれている協力者マルガレーテ＝シュテッフィンの手でパリで整理されていた。今回は、フォイヒトヴァンガー、ベンヤミン以外の人とはほとんど会わなかったが、新たに映画監督ジャン＝ルノワールと親しくなった。共同の仕事は実現しなかったが、彼との交遊の思い出は、短篇小説「美食文化」のなかに跡を留めている。

シュテッフィンやベンヤミンにデンマークを訪問することを約束させて帰宅したブレヒトのもとに新しい来客があった。コペンハーゲンの女優ルート＝ベルラウである。医学部教授の妻で、昔「夜うつ太鼓」のアンナを演じたこともあり、ソヴィエトの自転車旅行記を出版したために「赤のルート」と呼ばれていたこの女性は自分の素人劇団で「母《おふくろ》」を上演する許可をとるためにあらわれたのである。彼女は、当地の演劇人をブレヒトに紹介し、彼の作品の上演計画をいくつか実現させ、ブレヒトの後を追ってデンマークに来たマルガレーテの世話も引き受け、遂には生涯にわたってのブレヒトの熱烈な崇拝者兼協力者になるのである。

スヴェンボリの仮寓

三三年暮に改築が完成し、海峡に臨むこの藁《わら》屋根の家は、以後五年の間彼の仮寓となる。デンマークの中心部からは「シベリア」ほど離れているがドイツの国境はすぐ近くで、故国の動向を見守るには便利なこの住いには来客が絶えることがなかった。アイスラー、ベンヤミン（三四年）、コルシュ（三六年）などが長期間逗留《とうりゅう》したし、ブレヒトの父さえここを訪れている。ドイツの出版物もコードネームを使って入手できた。

創作のほうは、デンマークに移って早々に「三文小説」を脱稿し、教育劇の試みを続けた。「ホラティ人とクリアティ人」は、コルネイユが悲劇「オラース」の題材にしているローマ建国時代の物語であるが、ブレヒトは中国の劇のような簡略化（例えば俳優の背負った旗一本で一軍団をあらわす）を用いて二つの種族間の戦いを戦術論的に展開している。少数の兵力でも、退却によって侵略軍の力を分散させ、各個撃破によって勝利を収める戦略は、「赤軍の教育にも適する」だろうとブレヒトは言っている。「例外と原則」は、原地人の苦力《クーリー》を酷使しながら砂漠を旅する白人の石油利権屋が、猜疑《さいぎ》心から苦力が自分を殺そうとしたと誤解して射殺するが、その状況下では誤解する方が当然である（原則）という理由で無罪となる話である。苦力が示そうとした善意は、考えられないこと（例外）なのだという裁判官の判決はまさに異化的な効果をもち、植民者の論理を暴いている。

三四年という年には友人カール＝クラウスが六〇歳、フォイヒトヴァンガーが五〇歳を迎え、ブレヒトは心のこもった祝辞を彼らに贈っている。ユダヤ人クラウスが危険な立場上、ナチスの蛮行に沈黙を守っていることにもブレヒトは理解を示したが、ウィーンの労働者蜂起に対して現政権の弾圧を肯定さえした時にはさすがに彼もこの先輩を批判している。

この年六月ドイツではナチス内の血の粛清によって突撃隊のレーム、シュトラッサーとシュライヒァー将軍が暗殺され、八月にはヒンデンブルクの死によってヒトラーが総統に就任した。ブレヒトはベンヤミンに、ルネサンス期の史伝作者のスタイルでヒトラーの諷刺作品を書く案と、知識人の愚かさを百科辞典的に網羅した「トゥイ小説」の腹案を語っている。トゥイとは知識《インテレクトゥエレ》人をもじった新語である。

この秋ブレヒトは、マリク書房から自作を出版する件でロンドンを訪れている。牧歌的なスヴェンボリで作品活動の面だけから反ナチの抵抗運動を続けているブレヒトも、直接危険に身を曝《さら》している人々の労苦を思うと時には創作の筆が鈍ることがあった。だからブレヒトは機会ある度に旅行し、亡命者との接触の機会を絶やさぬようにしていた。

ブレヒトのソヴィエト観

三四年秋にマルガレーテがモスクワに旅立った。この女同志にブレヒトは、心のこもった「一一のソネット」を書いている。ふたりは「分けへだてられているため……愛撫するという言葉も暗号できめ」「他人がいる時も……その単語で愛しあうことを伝えあった」仲であった。彼女のモスクワ行に際してブレヒトは暖い衣類を贈り「こうして僕は君のから

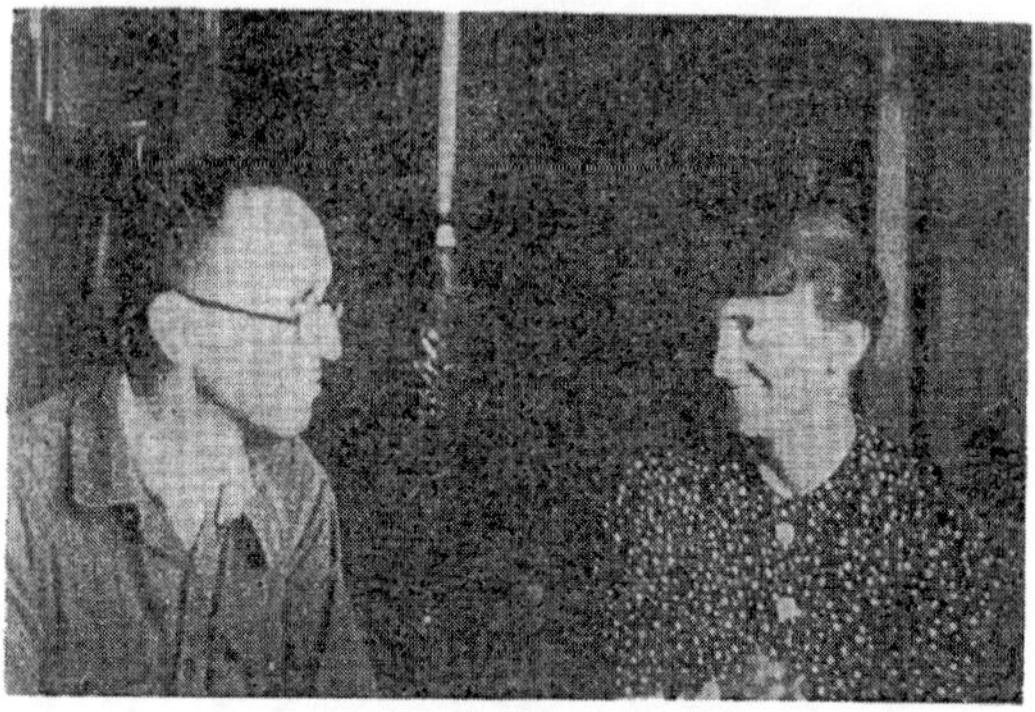

ブレヒトと
マルガレーテ＝
シュテッフィン

だを気遣い／昔服を脱がせた時のように今度は服を着せる」と歌う。ブレヒトも翌年初めに、モスクワに招待され、トレチャコフ夫妻をはじめ、亡命者ピスカートア、カロラ＝ネーアー、オトワルト＝ライヒなどと再会した。ピスカートアは当時国際革命演劇連盟《モルト》会長で、ソヴィエトにドイツ人移住者用の劇場建設計画を立案中だったが、中央の方針変更で中止され、後に失望してアメリカに去ることになる。モスクワでの観劇で最も印象に残ったのは梅蘭芳《メイランファン》の京劇で、後に書かれた論文「中国劇における異化効果」には、俳優が役を示していること、女形が女優よりも女性の特徴を示しうることなど、この体験による発見が記されている。モスクワではドイツ亡命者による「ブレヒトの夕」が催され、ブレヒトはまたラジオを通じて詩「志を同じくする人々へ」を放送した。

五カ年計画の途上にあるソヴィエトの発展には素朴な讃嘆を示したブレヒトも、ジダーノフの公式的な「社会主義リアリズム路線」によって実験的な演劇活動が圧迫されだしたことは敏感に感じとった。だがブレヒトが翌年六月から刊行される亡命者雑誌「ことば」に、ブレーデル、フォイヒトヴァンガーと並んで共同編集者になることを引き受けたのは、ソ連人の理解者コルッォフの薦めのためだった。

ここでブレヒトのソヴィエトに対する態度にふれておこう。共産主義に熱狂した人々のなかには、スターリニズムに出遭うと完全に幻滅し、党から離反する人も多かった。党員にはならなかったブレヒトは、統一戦線や連帯の必要性を痛感し、内部批判が利敵行為になることを恐れていた。社会主義者とブルジョワーリベラリストとの間に一線を画することにはつねに厳格だったブレヒトは、ソヴィエトにあらわれてきた一国社会主義的な傾向を、批判的にはみながら、過渡期の現象として寛容に見守る必要も感じていたようで、例えばジッドの「ソヴィエト紀行」のような書き方は認めなかった。「兄弟垣《かき》に相せめげども外その侮《あなど》りを防ぐ」という句がブレヒトの基本姿勢に近いといえるかもしれない。懐疑家ブレヒトは、ユートピア的な社会主義が一夜にして実現されるなどとは信じていなかった。だからこそ過程における錯誤に絶望することなくユートピアンであり続けることができたともいえる。モスクワ粛清裁判や独ソ不可侵条約のような左翼の亡命者にとって致命的な事件に遭っても、彼は社会主義の信念を失わずにいられたのである。

ファシズムは資本主義の帰結　ファシズムに抵抗する運動論として書かれながら古典的な著作だとベンヤミンに激賞された「真実を書く際の五つの困難」は、虚偽や無知と戦って真実を書く場合に、勇気と賢明さと技術と判断力と策略を駆使して、あらゆる困難を克服してゆく方法を説いたものである。ここで基本的に重要なのは、ファシズムを資本主義の最も欺瞞《ぎまん》的で悪辣《あくらつ》な発展形態としてとらえ、「どんな領域でも考えることをひろめるのは抑圧されたものの利益になる」と指摘していることである。複雑な現在の状況を認識するためには特別な判断力が必要だし、それを表現する方法としては策略が必要だ、というのはブレヒトの演劇論と同じ姿勢である。例えばブレヒトは、暴動と下剋上の風潮のなかで主人と下僕の生活の逆転した時代の「無秩序」を嘆いた古代エジプトの詩を引用しているが、これを無秩序と考えるのは以前の支配階級であり、虐げられていたものにはこの無秩序は好ましいはずだ、という。この見方は「コーカサスの白墨の輪」のアツダクの場を読むときのヒントになるだろう。

モスクワから帰ったブレヒトは六月にパリの国際作家会議に出席し、ハックスリー、ジッド、バルビュス、ハインリヒ＝マンなどの参加者を前に「野蛮に対する戦いに必要な確認」について演説した。この分会は個性がテーマになるはずだったが、彼は「諸君、私有関係を問題にしましょう！」と訴えた。これはブルジョワ作家には過激すぎる姿勢であったばかりか、人民戦線を支援するというコミンテルンの方針にも合致しなかったが、資本主義とファシズムを同根とみるブレヒトには当然の主張だった。ベンヤミンはこの発言だけが大会の白眉《はくび》だったと評価している。この会議では、「トゥイ小説」の素材になるエセ知識人を観察できたのが収穫であった。

アメリカの労働劇団に幻滅して　この夏、アメリカ共産党系の「シアター・ユニオン」が、「母《おふくろ》」の上演許可を求めてきたが、息子の死を幕切れにおいて観客の同情を狙う方向に改作しようとしているのに驚いて、詩形の返信で台本変更を拒否した。そのため上演は延期され、ブレヒト自身が渡米することになった。「母」はその前にルートの指導する労働者劇団の手でコペンハーゲンの上演が実現していたが、「デンマークの労働者俳優に寄せる観察の芸術についての講話」はこの折に書かれた。従来の戯曲が「全く変えることのできぬ運命」を示しているのに対して「俳優でかつ労働者である君たち」が学ぶのは「踏み躙《にじ》られ搾取され……無知な状態におかれているわれわれが……未知の世界を発見し征服した先駆者の偉大な態度を身につけること」であり、それには観察の芸術を会得する必要がある、という論旨である。「知らぬ人を知人のように、知人を知らぬ人のように観察せよ」といっているのは異化的である。ブレヒト自身が稽古で俳優にみせる仕草にはいつも新しい発見があり、芝居の参加者には後にコミュニストになったものが多かったという。

ブレヒトは初日直前にニューヨークに着き、アイスラーとともに指導に当たった。しかしアメリカでの稽古はコペンハーゲンのようにはいかず、重要なセリフが過激すぎるという理由でカットされ、それを認めず対立したブレヒトは稽古場立入りを拒否された。一一月一九日に初演された「母」をブレヒトは完全に骨抜きにされたものと考え、批評家たちにそれを説明してまわるという有様で、しかも古臭い改作を施してもひどい不評であった。

結局ブレヒトは画家グロスと再会し、大半はアイスラーとともに過ごし、専ら映画を見、スヴェンボリより退屈して、年末にアメリカを離れた。ブレヒトはこの上演で板ばさみの立場になった仲介者ジェロームには、帰国後アメリカの劇作家オデッツの作品などについてもっと討論したかったと手紙している。オデッツの「レフティを待ちつつ」に興味をもったブレヒトは、「パラダイス－ロスト」にはひじょうに疑問を感じていたのである。

不愉快なアメリカの旅から帰ると、ロンドンからコルシュが来ていた。彼はアメリカに亡命するまでの時期をここで過ごし主著「マルクス」を執筆することになる。マルクスを理論と実践の統一像として捉えなおそうとするこの仕事は、ブレヒトを触発するところが多かった。ブレヒトは、左派として共産党から除名された潔癖なコルシュを「幻滅した人」と名ずけていた。

スペイン市民戦争勃発

この間にも世界の情勢は大きく動いていた。総統となったヒトラーはロカルノ条約を破棄し、ラインラントに進駐し、再軍備と徴兵制の施行によって失業問題を解決すると、エチオピアを侵略したイタリアとの対立を清算して三五年一〇月ファシズムの枢軸を作った。だがフランスやスペインでは、労働者と中産階級の提携による人民戦線運動が活発になる。三六年二月スペインで、五月フランスで、人民戦線派が選挙に圧勝したが、七月には、スペインの人民戦線内閣に対し、フランコが反乱を起こし、スペイン内乱が始まった。一一月には独伊がフランコ政権を承認して露骨な軍事援助にのりだし、フランスでは反ファシズムの大デモが行われ、三六年六月に人民戦線内閣が成立したが、国家としては仏英は不干渉政策をとったので、戦局はフランコ側に有利に展開した。ヘミングウェイはじめ、各国の反ファシストたちが国際旅団を編成してフランコ軍と戦っていた。「スヴェンボリ詩集」の題詩に、

　デンマークの藁屋根の下に逃れながら友よ、僕は君たちの戦いの跡を追っている……

とあるように、ブレヒトは絶えず情報を収集し、パリから来訪したベンヤミンからはフランスのデモの様子もきいた。ベンヤミンがパリで発表した名著「複製技術時代の芸術作品」を、ブレヒトは亡命者雑誌「ことば」に載せるように努力するとも約束している。

寓意劇を離れて

三六年からブレヒトは、ナチスの恐怖政治下に住む人々の日常生活の断面をスケッチ風に描く連作「第三帝国の恐怖と悲惨」を書き始め、三七年三月には直接スペイン内乱に取材した「カラールのおかみさんの鉄砲」を脱稿している。この二作はブレヒト作品では例外的に現代を扱った劇である。ブレヒト劇の特色は「寓意劇」だといわれる。寓意《パラーベル》はいわばたとえであって、現代のある事件が劇のあるストーリーに仮託されて暗示される。劇の世界が歴史上または架空の場に設定されていると、観客はそのたとえを現実の事件に置き換えるという知的操作を強いられるわけであり、観客を思考させるというブレヒトの演劇観に適している（例えば

「まる頭ととんがり頭」）。そういう実験的な劇形式からみるとこの二作は様式的には多少後退しており、従来の劇のやり方でも上演でき、感情移入さえも可能である。アメリカの「母」の失敗からブレヒトは、観客の趣味がいまだに慣習からぬけだしていないことを痛感し、現在の闘争のためには戦術的にも多少大衆に浸透しやすい形を考慮したのであろう。しかし後でふれるように、ブレヒトが形式主義を捨てて伝統的な方法に帰ったとみるのは誤りである。

はじめ「ビルバオを制圧する将軍たち」という題で書き始められた「カラール」には、スペイン内乱に不干渉政策をとる諸国（イギリス）や、内乱のどちらにも与《くみ》しないことを信条とする神父（教会）の姿勢への批判もこめられている。

暴動に参加して死んだ漁師のやもめカラールは、残された息子二人を戦争から守りぬくため、ビルバオ攻防戦のさなかにも息子を人民政府軍に参加させようとしない。近所の人々に臆病者と罵《ののし》られて戦線に出たいという息子を叱りつける彼女は、神父の中立主義に賛成している。前線からやってきたペドロ叔父を彼女は警戒の目でみるが、ペドロ叔父は神父を論破し、弟息子に訪れた目的をあかす。ここに隠してある鉄砲が必要なのだ。カラールは戦争にかかわりを持たぬために、亡夫の鉄砲を提供することを拒否する。ところが夜漁に出ていた兄息子が、「ただ汚い帽子をかぶっていただけで」フランコ軍の巡察艇に銃撃されて死ぬ。運びこまれた息子の死体を前にしてカラールは、ペドロに銃を渡し、自分も息子と前線にむかう。

カラールのおかみは、後に書かれる「肝っ玉おっ母」と共通点があるが、大きな違いは後者が最後まで自分の根本的な誤りに気づかず、結果的には戦争に加担するのに、肝っ玉に似て頑《かたく》ななカラールは、息子の死に遭って新しい行動に踏み切る点である。この回心は徐々にではなく、本能的直観的に突然行われる。ブレヒトには珍しいこの転回点の導入は、切迫した状況に対応したものであろう。

「第三帝国の恐怖と悲惨」はナチス治下の市民生活を、寄席風のコントから一幕物とよべる形まで二三の独立した小景で構成したもので、恐怖化した日常生活が異化されている。徐々に書き溜められた各場のなかで、一幕物としても完成度が高いのは、ナチスに批判的であるが臆病な高校教諭が、妻との家庭内の会話を、ナチス教育をうけている一〇歳位の息子に密告されたのではないかと脅える「スパイ」と、反ナチ的な意見の持主を洗い出す恐ろしい捜査法を描いた「白墨の十字」である。ユダヤ人の妻が旅行と偽って亡命するつもりなのを知りながらさりげなく別れる医師の夫（「ユダヤ妻」）突撃隊のユダヤ人商店襲撃に対する判決の下し方に頭を悩ます判事（「法の発見」）などは知識人の無力さを描きだしている。ナチのフランコ軍援助が公にできないために、スペインで戦死しながら事故死にされた飛行士の姉の怒りを描いた「職業斡旋」はスペイン内乱に取材したもので、「釈放者」では、再会したかつての闘士が内心を探りあう。最終場にはナチスのオーストリア合併の日に、なお地下抵抗運動を続けうるか否かを確認する労働者を描く「国民投票」が置かれて

ブレヒトとヘレーネ＝ヴァイゲル
（デンマーク亡命中）

いる。恐怖政治下で生まれる人間の相互不信を、グロテスクなまで異常に示しているが、かすかな連帯の希望も皆無ではない。

「カラール」と「第三帝国」は、ヘレーネ＝ヴァイゲルに亡命中最後の舞台出演の機会をつくった。またルートの努力によって、デンマークでは三六年一一月にリッダー会館《ザーレン》で「まる頭」が（クヌートソン演出）、一二月には王立劇場でバレエ「七つの大罪」が上演されたが、いずれも不評に終わり、「七つの大罪」などは右翼や宗教界の憤激を呼んだので国王の命令で二回で上演中止になった。こういう反響が、デンマークの滞在許可の延長に響いてくることも考慮しなければならなかった。

ルカーチへの批判

この頃ブレヒトは、実験的な芸術を促進するために、ディドロ協会の設立を考えていたという。それは彼のモスクワ派と呼んでいたルカーチを中心とする教条的な芸術理論と対決するために、国際的な視野で生産的な芸術を志向する芸術家を糾合する狙いをもっていた。一八世紀のフランス啓蒙家ディドロの名を冠したのは、形式主義と攻撃されぬ戦術でもあったが、ブレヒトは元来ディドロの明《めい》晰《せき》な思考法を好み、「逆説俳優について」や「運命論者ジャック」(「プンティラ」に影響がある)を愛読していた。

三七年から三八年にかけて、亡命者雑誌「ことば」は、いわゆる表現主義論争の場を提供することになった。すでにルカーチは「表現主義の偉大さと頽廃」「物語か記述か」の二論文で、表現主義に形式主義的頽廃の烙印を押し、教条主義的な社会主義リアリズムの手法の範としてスコット、トルストイ、バルザックを挙げ、偉大な叙事詩人はフローベルやゾラのように表面的な「記述」に専念せず、「人間の運命のからみあい」を物語るべきだと述べた。現代のソヴィエト作家でいえば一九世紀リアリストの方向の継承者はショーロホフであり、ブレヒトの友人トレチャコフの「ルポルタージュ的」小説も批判されることになる。ブレヒト自身は小説においても、社会の変革がもう伝統的な「物語る」形式を不可能にしてしまったと考えていたから、ルカーチの、初期の市民小説(ゲーテ)には〈幅広い人生のゆたかさ〉があり、小説は「その完全に展開された広がりにおいてすべての人生模様が描きだされているような幻想《イリュージョン》をよびおこす」という発言を完全に誤りと見做《な》す。「リアリズムの広がりと可能性」というブレヒトの論文は、ルカーチを逆用して、リアリズムをもっと広義に考えるように提案している応答だが、当時は発表しなかった。表現主義を頽廃ときめつけるルカーチには、アイスラーやブロッホが反論した。ナチスが表現主義を「頽廃芸術」と断罪した同じ時期に、左翼陣営の内部で表現主義をめぐって激しい対立が生じるというのは好ましいことではなく、ブレヒトが直接論争に加わらなかったのもそのためであろうが、当時の日記には、ルカーチへの痛烈な批判が記されている。ブレヒトに言わせれば「形式主義論争こそ最大の形式主義」なのであった。ブレヒトの「スパイ」を読んだルカーチが、例外的にこれを「人生からとられた」作品だと賞讃し、ブレヒトを「救世軍のふところに戻った罪人」のように扱ったとき、ブレヒトはその評価は見当違いで、「第三帝国の恐怖と悲惨」が独裁政治下の身振り《ゲストゥス》の一覧表であることを見落としている、と書いている。「スパイ」は一幕物としても単独に上演できるが、モンタージュ構成の二三場の基本的身振りのひとつであることを忘れてはならないのだ。ルカーチは晩年の六〇年になって、ブレヒトの評価をやや改めたといわれるが、実はこの時期にブレヒトが〈改心〉したという前提に立っているから、評価を改めたとはいえないのである。

ブレヒトのリアリズム

ブレヒトは慣習的《コンベンショナル》なリアリズムに対して、真のリアリズムをこう定義している。「社会の複雑な因果関係を暴露し、今支配的な視角が支配階級の視角であることを暴露し、人間の社会の今陥っているさし迫った困難に最上の解決を与える用意のある階級の立場から執筆し、発展のモメントを強調し、具体的で、かつ抽象化することも可能なもの」。現実《リアリティ》を手中にするために有効であるかぎり、一切の手段はリアリズムと考えるのだ。ブレヒトの手法は抽象的だと攻撃されたが、彼は手段として有効な抽象化の手法は許されるが、基本的には具体的でなければならない、と考えたのだ。「真理は具体的だ」というヘーゲルの言葉はブレヒトの座右銘であった。新しい生産的な階級は狭義のリアリズムではなく、広く新しいリアリズムの受容者にならなければいけない。だが現実を考えると、この未来のリアリズムの受け手はまだ少数である。大衆の趣向は依然として市民社会《ブルジョワ》に根をおろした芸術観に支配されている。ルカーチは形式ばかり問題にしているが、本当の問題は手段なのだ、とブレヒトは言う。社会主義リアリズムでは、マルクスの文学書簡から抽出された「典型状況における典型性格」を描く方法ばかりが推賞されてきたが、それでは社会を変革すべきものとして捉えることが不可能になっている。このためには、新しい手段だけでなく、市民社会《ブルジョワ》成立以前の古い素朴な方法も洋の東西を問わず渉猟《しょうりょう》する必要がある。ブレヒトはさきの論文のなかで、スウィフト、シェリー、グリンメルスハウゼン、ハシェクなどという作家に学ぶべきものを認めている。

　ブレヒトの芸術理論では、このように社会の変革という視点が重要な役割を演じ、芸術は政治と不可分にからみあっている。芸術と政治は二律背反のジレンマではなく、発展の契機をふくむ弁証法的な対立なのだ。ブレヒトは芸術活動を即政治活動とみなしていたから、直接的な政治活動にはある程度の距離をもっていたように見える。だから政治活動を文字通り直接的な政治行動と考える現代作家ギュンター＝グラスからは批判されることになる。

国際作家会議のブレヒト（左端）

国際作家会議

三七年夏、ブレヒトはルートとともに、スペイン内乱に対する知識人の態度をテーマにするパリの国際作家会議に出席した。その席上で、目下包囲中のマドリードで会議を続行する案が可決され、多くの作家が戦線にいるヘミングウェイやマルローの例に倣《なら》おうとした。しかしブレヒトは毎日何十発も砲弾の飛来するマドリードのホテルに滞在する危険を考え、集会にメッセージを渡しただけで同行を辞退したので、多くの人々を幻滅させたらしい。ルートはソヴィエトの記者コルツォフとマドリードに飛んだ。彼女は「コイナさん談義」という作品の中で、詩人キン＝イェー（ブレヒト自身）の妹ライ＝トゥの名で登場しているが、スペインで戦う彼女を気遣うあまり彼は臆病者の仲間になったという。彼女に宛てた詩の「朝晩読むこと」にはブレヒトのこまやかな愛情がよみとれる。

> わたしを愛する男が／わたしに言った／君が必要だと／だから／わたしはわが身に気をつけ／わたしの道を見守り／雨だれ一粒落ちてきても恐れる／打ち殺されぬように。

ルートがこの詩を教訓として危険に身を曝さなかったかどうかは明

らかでないが、彼女は開放的な女性で、スペインでスウェーデンの同志と意気投合し、帰国の際フォード車を馳って港に迎えに出たブレヒトに待ち呆けを喰わしたそうである。この「妹」の変心は彼にはかなりのショックだったが、後にスウェーデンの入国ヴィザを入手できたのは、社民党議員であったこのルートの〈友人〉ブランティングの奔走のおかげであった

モスクワ裁判

三七年夏にブレヒトは再度パリに赴く。イヴェット＝ジルベールの手で「三文オペラ」が上演されることになり、またパリの亡命ドイツ作家主催の「カラール」の上演も実現したからである。ヴァイゲルがひさびさに主演した一〇月の「カラール」初演は非常な成功で、政治的に成功しただけでなく、叙事的な演技法発展のための「古典的な仕事」と讃えられた。ブレヒトは「亡命中の女優」という献詩を書いている。この作品をもってプラハに巡演したヴァイゲルは、年末に子供たちの願いでようやく帰宅した。この成功に力づけられたブレヒトは、はじめ五場面だった「第三帝国」を四月までに二七場に増やし（四場は後に削除）三八年五月「九九％」という題でその八場だけをパリで上演した（演出ドードウ。ヴァイゲルの亡命中最後の舞台）。

「カラール」は三七年一二月にコペンハーゲンでルートの演出によっても上演されたが、仕事の可能性は減る一方で生活も苦しくなってきたのに、亡命が長期になる見通しはいよいよ強くなった。

日独伊防共協定が成立するのが三七年一二月、三八年三月にはドイツがオーストリアを併合し、九月のミュンヘン会談では英仏が譲歩したので一〇月にズデーテン進駐が行われ、三九年三月にはチェコスロヴァキアが解体した。マドリード陥落によってスペイン内乱は終結し、イタリアは四月にアルバニアを併合した。デンマークにいてもナチスの魔手がひしひしと感じられた。

ファシズムの暴力が拡大してゆく状況のなかで、ブレヒトを驚かせたのは、スターリンによる粛清裁判のニュースだった。特に三八年春、親友のトレチャコフ逮捕の報せは彼の心を重くした。翌年には粛清はさらに波及し、友人コルツォフも逮捕されて、ソヴィエトとのつながりは全く絶たれてしまう。メイエルホリトが演出家協会で自己批判を求められたのに、形式主義と非難された自己の演劇の革命性を堂々と主張したので収容所送りになったことからみても、ソヴィエトにはブレヒトの演劇を受けいれる可能性はなくなったとみてよかった。ブレヒトにいわせればモスクワ派のルカーチやクレラのような連中は「生産の敵」であり、「彼らの批判には脅迫が含まれている」のであった。ただブレヒトは軽率に反スターリンの大合唱に加わることの利敵効果を恐れ、生産の社会的組織形態についての情報が得られぬ段階での批判は自重した。愛するカロラ＝ネーアーの消息が絶えた時も「ソヴィエトの外にいるマルキストたちには、マルクスがドイツ社民党に対してとった立場（肯定的批判的態度）をとるより外はない」という自制の句を三九年一月の日記に書いている。三八年に長期にわたってスヴェンボリに滞在したベンヤミンとも度々このことを話題にした。ベンヤミンは友人宛書簡で、ブレヒトがソ連の国家社会主義の政策上、文芸路線の転換の必要があったことは認めながら、その理論的破産は鋭く批判したと書いている。ブレヒトはベンヤミンに「農夫の牝牛に対する要求」というスターリン暗喩の詩を贈った。

こういう時代背景のなかでブレヒトは、三八年七月から折にふれて「私的なことを避けた」メモ「作業日誌《アルバイツジャーナル》」をつけだす。死後に発表されたこの手記は、文学、芸術論としても、激動の時代の政治ドキュメントとしても貴重なものであり、大きな欠落の部分にさえブレヒトのアクチュアルな事件に対する反応が読みとれるのである。

ビジネスマン―　この頃ブレヒトは長篇「ユリウス＝カエサル氏の商売」に着手していた。ピス

シ　ー　ザ　ー　カートアに約束したシーザー劇化のプランが、ローマ時代と現代の経済構造を二重写しにする小説に発展したのである。シーザーの死の二〇年後、彼の伝記を書こうとしたローマの歴史家が、シーザーの書記だった奴隷の日記を入手するという枠小説の形をとる。日記はカティリーナの陰謀事件から始まり、経済力が元老院派（貴族）から騎士階級（新興ブルジョワ）の手に移る頃の共和制末期のローマを舞台に、独裁制成立の原因を暗示する。ブレヒトは閥族派と民衆派の闘争も財界《シテイ》（騎士階級）に操られたもので、民衆派とは民衆の権益を守る党派ではなく、民衆派のシーザーは実務的なオポーチュニストだと見る。古臭い元老院の貴族制度を打破しないと、財界

の意図するブルジョワ民主主義は達成されないので、民衆の扇動が行われ、結果的にはローマは独裁者を必要とする方向に動く。ところがその布石であるカティリーナの反乱の時に本当の賤民の暴動が起こる危険が生まれ、元老派による反乱鎮圧後は、民衆派のシーザーは苦境に陥る。

小説はシーザーが民衆派のまき返しを画策するところで中断されているが、作品の狙いは、ローマの独裁制成立を経済史的に描きながら、現在の資本主義が独裁制に進んだことを経済史的に解明することであった。シーザーは英雄ではなくビジネスマンとして行動する男だ。未完のこの小説を補足してくれるのは短篇「カエサルと軍団兵」で暗殺前夜のシーザーを扱って彼が民衆から見離された存在になっていることを描いている。これらの作品はシーザーをヒトラーになぞらえたものではなく、ワイマール共和国がヒトラー独裁体制に進んだ必然性を経済的に解き明かそうとしたものである。巨大な歴史がシーザーの一書記の視角から、彼の個人的な同性愛の悩みまで含めて書きこまれている。一読するとフィクションかと思うこと（富豪クラスの私設消防隊の話）も、調べてみるとプルタルコスに記載されており、綿密に史実をふまえていることがわかる。

英雄劇でない「ガリレイの生涯」　三九年にブレヒトは、傑作「ガリレイの生涯」の初稿を脱稿している。「第三帝国」の一場面「物理学者」のなかに、ユダヤ人アインシュタインの学説を論破しようとするアリアン人物理学者が描かれているが、この場の専門知識のためにブレヒトは原子物理学者ニールス＝ボーアの助手たちにアドヴァイスを求めたが、同時にガリレイ劇に必要な科学史的な知識をも得たようである。ブレヒトはルネサンスを、人間が中世の迷妄から目ざめ、既成の権威に疑いを抱き始める「理性」の時代と捉えた。来たるべき新しい時代の到来へのみずみずしい希求はほとんど楽天的に見えるほどだが、これを書いたブレヒトは最も暗い見通しの時代に生きていたのである。初めのこの期待は作品のなかでも次々と裏切られていくが、それでも未来への明るさは開けている。ガリレイといえばわれわれは、「それでも地球は動く」という名句とともに、科学の殉教者というイメージを持ち易いが、ブレヒトのガリレイは単純なヒーローではなく、肯定面と否定面を複雑にあわせもっている。科学者としてのガリレイは、権威を疑うことから探究を始め、無知を少しずつ取り除きながら真理に近づこうとする謙虚な基本姿勢をもっている。学者とは自分の無知に不満で少しでも無知を除こうとする人間のことだ。最も重要なのは、ガリレイが疑問を解くことに楽しみをもつことであり、ブレヒトによれば知識欲とは食欲や性欲と同じ人間の楽しみのひとつなのだ。ブレヒト演劇は観客に思考を強いるが、観客に知ろうとする楽しみがあればそれは強制にはならない。人々が嫌悪を感じる教育とは詰めこみ教育のことであり、自発的に考えたくなれば教育は楽しみとなり娯楽と矛盾しない。ブレヒトは人間を本質的には理性をもつ存在と考え、知識欲認識欲を満たせば満足を覚える存在と信じていた。この考えによって彼はローマ時代にホラティウスの提示した教育か娯楽かという命題に解決を与えたのである。

だが権力者はつねに民衆を無知の状態にとどめておかねばならぬ。「由《よ》らしむべし知らしむべからず」が権力者の鉄則である。従ってガリレイ風の知ることのすすめが、民衆に及ぼす影響は危険である。ガリレイは天文学の分野で既成権威であるプトレマイオス体系を覆した。教会権力からみると、どんな権威でも覆されることは脅威であり、権力を守るためには地動説を撤回させる必要が出てくる。民衆が地動説を歓迎するのもある権威を覆したからであり、カーニヴァルの行列でさえ地動説が扱われることになった。民衆はそれを既成秩序の崩壊ととらえる。そのために教会はガリレイに地動説の撤回を命じ、彼は権力に屈従する。ブレヒトによればこの劇の主人公は民衆であり、「それでも地球は動く」という挿話も民衆が自らの希求を託した創作であり、ガリレイは民衆を裏切ることになるのだ。しかしそれだけではなかった。学説撤回は実は偽装であり、彼は教会の監視の目をくぐって余世を「新科学対話《ディスコルシ》」の完成に捧げる。

　ガリレイの家政婦サルティの息子アンドレアは、少年時代からガリレイの教育を受け、長じて物理学者になったが、撤回を知ると師を変節漢と罵る。「英雄のいない国は不幸だ」と罵る彼に対してガリレイは、「ちがう、英雄を必要とする国が不幸なのだ」と答える。八年後イタリアより研究の自由な外国に新天地を求める前に、師に別れを告げにきたアンドレアは、師が密かに「新科学対話」を完成したのを知って自分の不明を恥じ、生きのびて研究を完成するための彼の策略を讃美する。生きのびる思想は実はブレヒトの亡命の支えであり、ブレヒトは迫害に対して敢然と戦いを挑み殉教することのみが大義だとは考えていなかった。だが、だからといって、ガリレイの権力への屈従が全面的に肯定される訳ではない。自分の屈従が先例となって、各地で科学への弾圧は厳しくなった。ガリレイは自分を讃美するアンドレアに対して自己を批判してみせることも忘れない。最終場の見通しは明るい未来に開いている。ガリレイが何度も国外に運び出させようとした「新科学対話」はアンドレアの手で無事国境を越える。

後述するように、後に原爆投下のニュースをきいたブレヒトは、この作品の大幅な改稿を行い、ガリレイの学説撤回の犯罪性を強調するようになる。初稿ではガリレイの自己批判はそれほど強くなく、全体としてはガリレイの行動は肯定されているように見える。著作を国外に持ち出させようとする彼には非合法活動家の面影すらあった。「初稿ではガリレイは賢かったことになっていた」とブレヒト自身も言っている。ガリレイも他の劇の登場人物と同じように、権力の裏をかく狡智の持ち主で、その限り肯定面ももっていた。

初稿は三八年一一月末にわずか三週間で脱稿したが、年内にドイツの物理学者ハーンとその協力者によるウラン核分裂成功のニュースをきいて多少書き改められたという。しかし原子物理学との関連は改稿ほど大きくはなかった。また「ガリレイ」にはモスクワ粛清裁判が屈折した形で（ソ連国家権力と屈従）投影されているという説もある。いずれにせよこの劇は、ブレヒトも断わっているように「宗教と科学の闘争」を扱ったものではなく、宗教は権力のひとつのあらわれ方であって、権力と進歩的な科学の衝突が主題なのである。改稿では、教会は原爆の成果を勝手に誤用する国家権力と同質のものをさしている。

　ブレヒト自身はしばしばこの劇が「技術的に後退」したのではないかと反省し、「ファッツァー」や「パン屋」で試みた実験的形式が適用できたのではないかと考えている。しかし亡命中の上演の可能性を考えると、あまりに実験的な形式は避ける必要があった。すでにこの時期にブレヒトは彼の演劇体系の理論化を試み、またスタニスラフスキーの演技術を検討して「抹香《まっこう》臭い権威」と呼んでいる。またベルリン時代に「愛という商品」という題で書きだした「セチュアンの善人」の執筆にかかっているが、この仕事は技術的な困難のために度々中断されることになった。

靴底のように国を変えながら

スウェーデンと大戦勃発　一九三九年四月にブレヒトは、スウェーデンの素人演劇協会から講演依頼をうけ、入国ヴィザを手に入れることができた。「戦争が今にも始まろうとする時、この島に蟄居《ちっきょ》している」のはブレヒトには辛いことだった。初めからデンマークには戻らぬつもりだったらしく、ルートに「スヴェンボリ詩集」をまとめるように指示している。ナチスがデンマークを無血占領するのが四〇年四月であることを考えれば、ブランティングの配慮はまことに時宜を得たものであった。ストックホルムに着いたブレヒトは、五月に「実験演劇について」という講演を行った。今世紀の演劇のさまざまな実験を概観しながら、単なる形式的な実験ではなく、感情同化に代わって異化を導入すべきだという、彼の「非アリストテレス的戯曲論」の基本理念を示す論文である。この講演に刺激されて、社民系組合の後援による素人劇団が生まれ、ブレヒトは匿名で指導に当たり（労働ヴィザがないため）また「ダンゼン」（前出）と「鉄はいくらか」を書き与えた。後者ではスヴェンソン氏（スウェーデン）が、商売と割り切って隣家の暴力男に鉄を売りつけ、結局自分の首を締めることになる話で、ドイツに鉄を輸出するスウェーデンの中立主義を批判している。スラップスティックの技法も使った国際情勢劇である。

ブレヒトは女流彫刻家サッティソンの好意でストックホルムに臨む小島リンディゲーのアトリエを借りることができた。「革命の女兵士」マルガレーテも一家の後を追って到着した。モミの森に囲まれた広いこのアトリエで、サッティソンがヴァイゲルの胸像を彫刻し、独学で絵を学んだ民衆画家トムブロックがしばしば訪れた。ブレヒトはこの家で五月に故郷にいる父の訃報《ふほう》を聞いた。

ドイツは八月に独ソ不可侵条約を締結すると、九月一日にポーランドを奇襲し、第二次世界大戦が勃発した。いわゆる電撃戦によってポーランドは一月足らずで壊滅し独ソに分割された。一二月にはソ連がフィンランドに進撃し、三ヵ月の冬戦争が起こる。戦火が日に日に拡大してゆくなかで、ブレヒトはスウェーデンの女優ナイナ＝ウィフトランドの朗読で女酒保商人の物語を聞き、それに刺激されて二ヵ月余りで反戦劇の傑作「肝っ玉おっ母とその子供たち」を書きあげた。

英雄否定の「肝っ玉おっ母」

「肝っ玉おっ母《ムター・クーラージュ》」の名は、グリンメルスハウゼンの三〇年戦争を扱った小説「放浪女肝っ玉《クラッシュ》」からとった。この名をきくと、太っ腹の女丈夫というイメージが浮かぶだろう。ひところテレビで「肝っ玉母さん」という番組があった。この題名からヒントを得たとすれば読み違いである。ブレヒトの作品では「肝っ玉」は生来勇気があり気っぷのいい女を指してはいない。ブレヒトは彼女にこう言わせている。「おらが肝っ玉と呼ばれるようになったのは、肝っ玉にならなけりゃ生きていけなかったからだ」と。戦乱の時代に生まれた彼女は、生きのびることだけでも困難な状況のなかで、やむなく「肝っ玉」になった。彼女に言わせれば、育つほうが稀なのに子供を生むことも「肝っ玉」(勇気)のいることなのだ(彼女は三人の父が違う子を生んでいる)。その子供たちを死なせず戦争の時代を切り抜けるには、勇気《クラージュ》だけでなく、大変な狡猾さも必要だ。彼女は庶民の生きる知恵を身につけ、時には心を鬼にして非人情にならなければ生きていけないことも知っている。ブレヒトの生きのびる思想との共通点もあるが、一方では否定的な面も備えている。三〇年戦争のさなかに生きる肝っ玉の考えついた生きる道は本質的に誤っていたのだ。彼女はある意味で賢い。宗教戦争、聖戦といわれるこの戦争も、実は支配者たちがその美名に隠れて利権を得ようとする口実にすぎないことを見抜いている。そこで彼女は考える。小物も大物の真似をして、その利益のほんの僅かなお裾《すそ》分けにありつこうと。彼女は戦争をただの商売と考え、儲けるため従軍酒保商人になる。ところがこの目論見《もくろみ》は全く外れ、戦争に係わったために、かえって三人の子供を皆失ってしまう。小物には大物の真似はできないのに、彼女はそれに気づかず、商品をのせた幌車をひいて軍隊のあとを追ってゆくのだ。

しかしこの作品は戦争で子供を失う母親のニオベ的悲劇とも誤解されやすい。観客が従来の芝居の見方で主人公の欠点にはすべて目をつぶりただただその人物に共感し同情すればそうなってしまうが、ブレヒトは例によってこのヒロインの欠点も沢山書き込んでいるのである。子供たちにしてもそうだ。長男のアイリフは向こうみずで母の戒めをきかず、徴兵係に欺《だま》されて兵隊になり掠奪の才能を示すが、束の間の平和の間に同じ掠奪行為を働いたかどで処刑されてしまう。次男のシュワイツァーカース（スイスチーズ、義父がスイス人だったため）は馬鹿のつく正直者で、彼も軍隊に入れざるを得なくなった時、肝っ玉は安全性を考えて主計兵にする。それが裏目にでる。連隊の金庫ごと敵の捕虜になった彼は、それを隠して味方の軍に運ぼうとして処刑される。末娘のカトリンは、子供の時兵隊にいたずらされ、口に泥を詰めこまれて唖になった。生来優しい性質の彼女は、動物や子供が好きで、旧教軍の奇襲をうけそうになったハレの町に急を知らせる太鼓を打ちならして射殺される。それも町の子供たちを救うためであった（この役は外国語のできぬヴァイゲルでも出演できると考えて書いた）。しかしその彼女も不具者特有のひがみは持っていて、母が新しい情夫の料理人と新生活を始めるには自分が邪魔者だと知って身をひこうとする時には、ひがんだ笑いを洩らすのである。子供たちはみな美点（裏返しにすれば欠点である。大胆は向こうみず、実直は馬鹿正直、隣人愛はお人好しだ）のために命をおとすというのもブレヒトらしい。作中に挿入された「偉人の歌」は「三文オペラ」のソロモンの歌と同じ歌詞である（作曲はデッサウ）。歴史上の大人物をみると、彼らの徳が彼らの破滅を招いている。ソロモン王の知恵、シーザーの勇気、クレオパトラの美、聖者マルチンの隣人愛は彼らを破滅させた。「見ろ、彼の末路を。これも賢かったおかげ、賢くない奴が羨《うらや》ましい」というような無徳の得を歌うリフレインが加えられる。「三文オペラ」では最後の節はメキーメッサーの話を扱っているが、「肝っ玉」ではこの歌は物乞いする料理人によって歌われ、内容も「十戒を守ったおかげでかえって今はこの始末」になった男の身上話になっている。料理人は実は悪辣な世渡りをしてきた男で歌の内容とはマッチしない。つまりこの歌は二重の意味を負わされている。単に正直者が馬鹿をみる、という歌であれば逆説にすぎないが、それを料理番が歌うことで二重に距離化される。ブレヒトは常に二つ以上の立場からものを見るのだ。

肝っ玉によれば部下に英雄が沢山でるのは隊長の無能な証拠である。無能な隊長に死地においこまれた部下は、死にもの狂いで戦わざるを得ず、結果的には英雄になるというのだ。ガリレイの英雄観とならんでブレヒトらしい英雄否定の味わいある句だ。

主人公を批判的に見る

「肝っ玉」でヒロインが批判される例を第四場にとってみよう。兵士たちに商品を破損された彼女は、隊長のところに損害賠償を請求しにゆく。待っているうちに隊長に手柄を横取りされた兵士が、戦友のとめるのもきかず、自分の権利を要求しにくる。興奮した彼をみていた肝っ玉は、彼を落ちつかせるために、下々《しもじも》の者には「長いものには巻かれろ」という処世訓が大事であることを歌で諭《さと》してやる（大敗北の歌）。考え直した兵士は要求をひっこめて立ち去る。その後で肝っ玉は、自分もこの兵士と同じことをしに来ていたことに気付き、隊長に要求することを断念する。教えることによって自分も教えられたのだ。しかしさらに言えば、観客はこの泣き寝入り的態度を認めてもよいだろうか、否である。主人公を批判的に見るとはそのことなのだが、うっかりすると観客は肝っ玉の処世訓を認めてしまいがちだ。ブレヒト劇の構造が単純でしかも複雑なのはこういう点である。

三〇年戦争はシラーの「ヴァレンシュタイン」をとるまでもなく多くのヒーローを生みだしてきたが、ブレヒトは歴史に出てこない庶民の目を通してそれを裏側からみている。「歴史を読む労働者の疑問」という詩は、バビロンの塔の建設も、アレクサンダー大王の遠征も、実は何万もの作業員や兵卒あってこそ可能だったのに、歴史には彼らの名は挙げてないという疑問が歌われている。シラーの「三〇年戦史」では壮烈な戦死を遂げたと書かれている総司令官ティリーは、肝っ玉によれば、攻撃命令を下して自分は戦場を離脱しようとしたのに道に迷って戦場に入りこみ、白馬を狙い射ちされたことになる。

この作品は年代記的に事件を追う叙事的な構成がとられているが、例えば次男の死を扱う第三場は全体の三分の一を占めるのに、ソングだけの短い場(七、一〇場)もある。各場の前に幻灯で内容が示される。

一六二四年という年の春、総司令官オクセンシェルナはポーランド遠征のためダラルネ地方で軍隊を徴募する。〈肝っ玉おっ母〉の名で知られた女酒保商人アンナ＝フィアリングはそのため息子の一人を手放す(一場)。

ふつう戯曲というものは、観客に前以て筋を知らせず、不意打ちでサスペンスをつくりだすものだが、ブレヒトの劇では前以て次の場の内容が知らされ、観客は事件がどのように起こったか、それ以外にもなりえたのではないかと考えながら経過に注意を集中する。

「ルクルスの審問」と「俳優用練習台本」

「肝っ玉」を一一月三日に一応完成したブレヒトは、マルガレーテと直ちに次の作品にとりかかった。音楽家ローゼンベルクが、ストックホルムのラジオ用オペラ台本を依頼してきたからである。ブレヒトは短期間で「ルクルスの審問」を完成した。「一将功成って万骨枯る」という諺《ことわざ》通りのことをしてきたローマの将軍ルクルスが死に、壮重な国葬が行われる。しかし影（死者）の国ではルクルスは、五人の陪審員（農夫、奴隷身分の教師、漁師のおかみ、パン屋、高等娼婦）列席のもとに死後の裁判をうける。証人たち（被征服国の王、彼の軍団兵、奴隷など）はすべて彼に不利な証言をする。有利な証言は、彼がローマに桜桃の樹を移植したという料理人の証言だけで、結局彼は断罪される。この作品の書かれた時点を反映して、ひじょうに反戦的な傾向が強く、それが戦後の上演で問題となった。この時はラジオの放送は実現せず、一二月に亡命劇団が影絵劇で上演しただけで、作曲も戦後にデッサウが行った。

一二月のソ連のフィンランド進攻については、ブレヒトはソ連の開戦の口実を認めず、政府というものは侵略戦争のときは国民と離反し、防衛戦争のときは国民と一体になるとメモしている。スウェーデンではフィンランドに援軍を送れという同情論まで盛んになったが、ブレヒトはこのために、ナチスードイツの西部戦線の攻勢についての一般の関心がそらされることを憂慮していたという。

四〇年にヴァイゲルが俳優学校で教えることになり、ブレヒトは教材として「俳優用練習台本」をつくった。有名な古典作品を新しい目で見るための小場面である。シラーの「メアリ・スチュアート」の両女王対決の場は魚屋のおかみの喧嘩に置き換えられる。この「平行場面」によって、美化された韻文のためにわかりにくくなった内容がかえって鮮明になる。「ハムレット」では大陸で理性的な大学教育を受けてきた彼が、中世的な復讐行為の完遂に疑問を抱く「挿入場面」が書かれ、「ロミオとジュリエット」の密会の成就のために、下男下女たちの酷使される場面が挿入される。これらの小景は後に演劇論「真鍮《しんちゅう》買い」に収められた。スウェーデン滞在中にブレヒトはなお、「コーカサスの白墨の輪」の前身である短篇「アウグスブルクの白墨の輪」や推理小説的な「美食文化」を書く。

フィンランド滞在

しかし四月にはナチスがデンマークとノルウェーに侵攻したので、ブレヒトは家族と共に船でヘルシンキに向かった（四月一七日）。デンマークにいられなくなったルートにも、今後は彼女の亡命の責任をとるという約束の手紙を送った。この暗い時代にスウェーデンで多くの人々から示された連帯感を思うと、「故郷を離れるような」気持だった、とブレヒトは言っている。

フィンランドに着いたブレヒトは、一週間ほどヘルシンキ駅に近いホテルに宿をとり、この国の国民詩人キヴィの胸像の前を通って毎日駅のレストランに通った。ここはのちに発表される「亡命者の対話」の舞台である。四月末に労働者街のテーレーに引っ越したが、ここでも見ず知らずの人々の寄せてくれる好意に、心暖まる思いを抱いた。

五月には西部戦線の総攻撃が始まるという状況のなかで、ブレヒトは直ちにアメリカ行きの旅券を申請したが、それを手にするまで実に一年余りもここで焦燥の時を過ごすのである。スウェーデンから一緒に亡命したリュンダールやグライト、フィンランドの女流作家ヘラ＝ウォリヨキが、ここでのブレヒトのまどいの人であった。彼女はブレヒトの滞在が長びく間、献身的に援助したばかりか、またブレヒトの作品「プンティラ旦那と下男のマッティ」の素材を提供した。ブレヒトが計画通り夏にアメリカに発っていたら、「プンティラ」は生まれなかったかもしれない。

五月初めには中断していた「セチュアンの善人」の執筆を再開し、ドイツ軍のパリ入城のニュースをききながら、六月二〇日にほぼ完成している。構成に苦心を払った作品としては考えられぬ早さだが、アメリカ亡命前に仕上げる必要がそれを可能にしたのであろう。

寓話劇「セチュアンの善人」

「セチュアン」は典型的な寓話劇《パラーベル》である。舞台は四川を連想させる中国で、飛行士が登場するところからみて時代は現代に近く、正確には前近代的な社会構造の一部に近代化が入りこんでいる時代である。悪辣になった人間たちのあいだにまだ善人がいるかどうかを探るために、この地方に三人の神がやってくる。水売りのワンは、神々の宿を探すのに苦労するが、人のよい娼婦シェン＝テ（初稿ではリ＝グン）に依頼して部屋を借りる。その礼として神に贈られた金で彼女は娼婦をやめて煙草屋を開業する。それを聞きつけた貧乏人たちは、彼女の人のよさにつけこんで彼女の家におしかけて居候《いそうろう》をきめこむ。ブレヒトは同情をもって貧乏人を描くのではなく、「貧すりゃ鈍する」という諺通り、貧困に追いつめられた連中がいかに人情を失い利己的になるかを描いた。「ヨハンナ」劇にも「貧しい人の性悪なところ」という句がある。こういう連中にたかられても破滅しないですむように、シェン＝テはあるヒントから心ならずも自分の分身をつくり、非情で合理的な仕事はすべてそちらにおしつけることにする。彼女は従兄弟のシュイ＝タ（初稿ではラオ＝ゴー）なる人物をでっちあげてその男に変装し、寄食者を追い払い、逆に彼女を食いものにしようとした連中を利用し搾取して生活を建て直す。そしてシェン＝テに戻った時は、貧しい人たちに施しをするのである。われわれの生きる今の社会でも、生きるために必要な、非情な合理主義と、自然の性情である善意の人情主義とはしばしば矛盾することがあり、二つの顔を使いわけねばならない。それを劇的手段で異化したのが分身である。ジキルがハイドになるときには特殊な秘薬を使う必要があるが、ここでは芝居の約束ごとだから変身は仮面をつけるだけで済んでしまう。

シェン＝テは、分身シュイ＝タの計画に従って金持の男と打算的な結婚をすることを命ぜられるが、自殺未遂の失業飛行士スンを助けたことから彼を愛してしまう。情が理に反抗を始める。スンは始めから彼女を食いものにしようとしているエゴイストである。彼女はそれに目をつぶろうとするが、彼女の分身はそれを見抜いてしまう。一方彼女に一目惚れした床屋の旦那フーは、平常は残酷非情な金持だが、シェン＝テには全く損得抜きのうぶな愛情を捧げる。彼も二つの心の持主なのだ。スンの子をみごもりながらスンの誠意のないことがわかり、しかもフーの求婚には応じられぬ彼女は、ふたつの自分を使い分けることができなくなり、これからこの非情の世界に生まれる子を「虎になっても」育てていくために、当分はシュイ＝タだけになって生きてゆこうと決意し、フーに出資させて煙草工場を作り、近所の貧民を働かせ搾取する。シェン＝テからまきあげた金を返させるためにスンも工場で働かせる。更生したスンはやがてシュイ＝タの片腕となり搾取する側にまわる。煙草工場の工員の歌う「八匹の象の歌」は、革命的な方向にも転じうる寓意を含んでいる。

象を七匹／もってたジンの旦那／それにもう一匹／八匹め／七匹は躾《しっ》け悪く／八匹めは躾けがいいから／仲間の監督

もっと掘れ、もっと掘れ、ジンの旦那の森だ／日暮れまでに畑にしろ／夜は長い八四目は勿論権力者の手先になり自分と同じ階級に鞭を振う兵士や警官の同類である。

しかし搾取者シュイ＝タは、姿を消したシェン＝テを殺したのではないかという嫌疑をかけられる。彼女が自分の子供をみごもっていたのを知ったスンもシュイ＝タを告訴する。遂に裁判が行われる。裁判官として登場したのは変装した三人の神々であった。もはや分身でいることに耐えられなくなったシェン＝テは、扮装をはぎとり神々に向かって叫ぶ。

「善人でいろ、しかも生きてゆけというあなた方神々のご命令は、わたしを稲妻にうたれたようにまっぷたつは引き裂きました」。

善人では生きていけぬ非情の世界で、善人として生きてゆけという矛盾を神々はどう考えているのだろう。この解決を迫られると、神々はしどろもどろになり、たまには悪人シュイ＝タになるのもやむを得まい、とか何とか呟《つぶや》きながら、軽やかな音楽とともに雲にのってさっさと天にのぼっていく。善人はみつかったのだから、これ以上詮索《せんさく》したくないのだ。空に消えてゆく無責任な神々にむかってシェン＝テはむなしい問いかけを続ける。

ギリシア劇には機械仕掛けの神（デウス－エクス－マキナ）という解決法があって、人間では解決のつかない葛藤は、舞台の上から機械でおりてくる神によって解決された。この作品では、神は解決を迫られる時になって舞台の空にのぼって逃げていってしまい、解決は観客自身に委ねられるのである。

劇の進行中に、水売りワンと三人の神々の対話が度々挿入される。ワンは事件の進展を物語り、神々は善人を探す旅が困難の連続であると伝える。終景のあとで、ワンが登場して観客にメッセージを言う。「……どうか皆さんご自分で結末を捜して下さい。きっといい解決があると思います。きっとあるはずです、きっと、きっと。」

この解決とは勿論こういう矛盾を存在させない社会機構を作ることであり、それは社会の根底からの変革をしない限り不可能なのだ。

「セチュアン」は、とくにオープンな（未解決の）幕切れをもつブレヒト劇の典型的な例としてよく引用される。劇中のソングも、そういう特徴を色々な形で示している。

> この国であってはならないものは／川にかかった高い橋／憂鬱な黄昏《たそがれ》どき／……なぜってこの国では／人はたやすく投げだしてしまうから／絶えきれない人生を。

最初にあってならないものが例挙され、なぜかという解答はあとからでてくる。僅かなきっかけで自殺する人が多いからだ。つまり結局は貧困を放置しているこの国の政策を告発することになる（もっとも最近は高福祉国家に自殺が多いこともあるが）。答えを先に与えないでまず考えさせる構造はソングと戯曲に共通している。

「セチュアン」の手直しはその後何回も試みられたが、「舞台なしで戯曲を仕上げること」のむずかしさを時に日記で嘆いている。

Wir sind's, die uber deine Stadt gekommen
O Frau, die du um deine Kinder bangst!
Wir haben dich und sie aufs Ziel genommen
Und fragst du uns warum, so wiss : aus Angst.
写針詩「戦争入門」

フィンランドの一夏

七月に作家ウォリヨキは、ブレヒト一家とマルガレーテをカウザラ地方マルレベークにある自分の領地に招待してくれた。「プンティラ」劇のプロローグで、

……白樺の森で牛乳の大罐がふれあってカチャンカチャン
と鳴る音
白夜の夏にはゆるやかに流れる河を一晩じゅう白い夜空が
包み
朝を告げる鶏とともに茜《あかね》色に染まった村々があらわれ
こけら葺きの屋根から灰色の朝げの煙がたちのぼる……

と歌われるような土地で、ブレヒトはフィンランドの一夏を過ごした。この牧歌的な生活のなかで、ラジオから流れるドイツ空軍のロンドン爆撃やペタン政権成立のニュースをきくという、引き裂かれた生活のなかで、後に「戦争入門」という題でまとめられる四行詩が書かれた。それは報道写真にそえられているので、寸鉄詩《エピグラム》をもじって写針詩《フォトグラム》と名づけられた。ドイツの

爆撃機乗組員の写真には、
　われわれは君の上空にやってきた
　おお、子供たちを気遣う女よ
　われわれは君と子供たちを目標にする
　なぜかと尋ねたら言うよ、こわいからだと
という写針詩がついている。
　しかしドイツがイギリスに進攻する噂さえあったこの暗い時代に、一方でブレヒトは、「冗談の大盤振るまい」をする必要を感じ、快活な喜劇「プンティラ」も執筆したのだ。

「プンティラ」の原型

　この喜劇はウォリヨキの小説と戯曲「鋸屑王女《おがくず》」に基づくもので、プンティラのモデルは彼女の叔父の大地主だったという。社民党の政治家を夫にもち、製材業者、外交官、ジャーナリストとしても活動した彼女は、進歩的立場の知的女性で、一九一八年のフィンランド内乱（八万の左翼が殺された）も体験していた。彼女はさまざまのエピソードを聖書のように物語る才能の持主だったが、文学作品ではブルジョワ文学の慣習を脱していない。

　「鋸屑王女」の主人公プンティラは製材所を持ち、それを娘エヴァの持参金にしてやるつもりだ。ところが娘は、前途有望な外交官である婿の候補者を嫌って運転手のカレにひかれ、手鍋を下げた苦労の生活を夢みる。酒を飲めば桁外れの奇行をやるプンティラは、醒めていると娘の気まぐれを許さず、運転手を馘《くび》にしようとする。ところが最後の瞬間に、運転手も実は大学出のインテリであって持参金も望んでいないことがわかり、結婚を許される。酒を飲むと同時に五人の娘に求婚するようなプンティラも、しっかりもののハンナと結婚することになり、以後は彼女の管理下におかれる。このハッピーエンドはひどく月並で、二〇年代のドイツのヒット作だったツックマイヤーの「楽しき葡萄山」にも似通っている。この劇ではラインの葡萄山の持主で男やもめのグンデルロッホが、娘のクレールヘンに学士様の婿をあてがおうとするが、彼女は船頭のヨッヘンを愛し彼の子を宿す。しかし線の細い学士が何となく虫の好かなかった父はヨッヘンとの結婚を許し、自分も新しい妻を手に入れる。この劇は演劇史上では、観念的な表現主義劇に倦《あ》きた観客に爆発的な人気をよび、新しい写実劇や「新即物主義」という傾向を先取りしたものといわれ、ウォリヨキもこの劇を知っていた。ブレヒトは常套《じょうとう》的なこういう作品構造を根本的に変えるような改作を行ったのである。

喜劇「プンティラ」

令嬢と下男（運転手）というとりあわせはストリンドベリの「令嬢ジュリー」を連想させる。とくに許嫁の外交官への態度がそうである。しかし運転手カレ（のちにマッティ）はブレヒトの劇では、学士様ではなく本物の労働者で、ユーモラスだが驚くほど冷静な階級意識を備え、この溝を絶対に越えようとしない。暗い時代に書いた明るい喜劇のなかで、作者は階級闘争の終わる未来に目をむけ、それをマッティに託しているのだ。その点からみると、マッティはあまりにもクレヴァーで、これほど自覚のある労働者ばかりならたしかに未来は遠くないはずだ。

型破りの大地主プンティラ旦那は、ブレヒト好みの二重構造の人物である。泥酔すると底ぬけに人間的だが、サウナに入ってコーヒーをのむと忽《たちま》ち醒めて「責任能力ある人物」つまり人情ぬきの冷酷非情な合理的人間になる。飲めば運転手を人間として抱擁するが、醒めれば猜疑の目でみる。彼は昔タイプの野人であるが、一方では現代風に遅れまいとしていて、娘は上流階級の教育パターンに従って日本風にいえば聖心女子大のような学校にやり、借金の肩替りをしてやる条件で前途有望の外交官を婿に選ぶ。泥酔すると野人に戻りキザな外交官が気に入らず、頼もしい下男マッティと結婚させたくなる。令嬢も秀才外交官に物足らず、マッティにモーションをかける。マッティはそれを見事にあしらう。プンティラは婚約式の席上で不愉快な外交官を追いだし、マッティを婿にすると宣言するが、マッティはエヴァが果たして自分と結婚してもやっていけるか試験してみたいと提案し、エヴァにその不可能を悟らせる。この試験は劇中劇という構造をとり、階級差を露呈させるみごとな場面である。エヴァはすべてのテストに落第し、彼女のターザンのような野生的な下男に寄せるロマンチックな恋の幻想はすべて破壊される。ただひとつだけ合格するのは、父のプンティラが真夜中に運転手に用を言いつけると父にタンカを切って罵るところである。これで夫は馘だろうが、旦那をどなりつけたのは大出来だ。マッティは喜んでエヴァのお尻を叩く。「上品な」エヴァはこの下品な振舞いにかっとしてマッティに「失礼じゃないの！」と柳眉《りゅうび》をさかだてる。この瞬間に階級による挙措《きょそ》（社会的身ぶり）のちがいがはっきり形で示され、エヴァも溝の越えがたさを悟るのである。結局は醒めたプンティラは外交官と和解し、エヴァは筋書き通り外交官と婚約する。マッティは、酔ったプンティラの好人物ぶりに時としては愛着をもちそうになるが、醒めた彼の冷酷さをよくよく承知しているので、プンティラの邸を出る決心をする。エピローグで彼は言う「水と油は所詮とけあわない。」（現代社会では、労資協調とか、使用人とのヒューマン-リレーションなどという手で、それを糊塗《こと》している）。「酩酊《めいてい》はすぐ醒める。日常生活になると〈誰が誰を〉という問題がでてくる。」

簡潔に〈誰が誰を《ヴェア・ヴェン》〉と言われた構文は、プンティラのキーワードである。誰が主人、誰が下男か、無階級の社会は来るか、これこそが真の日常の問題であり、既存の社会ではこの命題を忘れさせるためにさまざまな手が打たれている。プンティラの酩酊は、「主人は根は善人だ」ということを印象づけるための計算とさえとれるのである。しかし舞台においては、どうしてもプンティラは憎めない好人物になってしまう。ブレヒトが演出上腐心したのは、いかにして観客がプンティラに好意をもたぬようにするかということであったが、彼自身がこの人物を魅力的に造形してしまったのも事実である。彼に較べるとマッティは影が薄い。ある批評家は、マッティは恐ろしく醒めた人物であって、社会が逆転したら凄腕《すごうで》の党官僚になれる素質がある（クラウス＝フェルカー）とさえ言う。野人プンティラのなかには、美しいフィンランドの風土を破壊するようにおしよせてくる工業化や文明化に対する抵抗があり、それが彼の魅力のひとつでもあるが、このほとんど人間的な人物は結局は否定されなければならない。ブレヒトはこの作品を「大衆劇」と呼んでおり、あるセリフは「黄金の皿にのせて」（美しく心持よく）語られねばならないという。しかしそのセリフは深い内容をもっている。マッティの「ニシンへの讃歌」は「お前がいなかったらおれたち（労働者）はお邸《やしき》から豚肉を要求しはじめるだろう、そうなったらフィンランドの将来はどうなる？」と結ばれる。なまじ安くて栄養価の高いニシンがあるために、労働者が革命を起こさざるを得なくなる程は飢えないという皮肉であって、実は革命の問題にかかわってくるのだ。一九一八年に八万人が殺されたフィンランド内乱のこともさりげなく書きこまれている。酔ったプンティラが、家中の家具を積み上げて山をつくり、そこには存在しないフィンランドの風土を描きだすセリフは詩的なイメージ喚起力によって美しいばかりでなく、古いイリュージョン演劇に対する皮肉になっている。ブレヒトは、この戦時に、「プンティラ」のような作品を書くことに疑問を感じながらも、九月にこの作品を脱稿した。ドイツ空軍のロンドン爆撃が最も激しかったころのことである。ウォリヨキは初めこの改作に戸惑ったようである。この頃彼女はブレヒトに山本有三の「唐人お吉」の英訳を読ませており、これに興味をもったブレヒトは「下田のユーディット」を構想したが未完に終わった。またディドロの「運命論者ジャック」にヒントを得て対話形式の「亡命者の対話」を書き始めたが、ジャックと主人の関係はプンティラにも反映している。

アメリカ入国のヴィザはなかなかおりず、ウォリヨキは経済的な逼迫《ひっぱく》からマルレベクの領地を売ってしまったので、ブレヒト一家は再びヘルシンキの港町に仮寓を定めた。

独裁者ヒトラーの興隆は抑え得たか

アメリカ行の直前、四一年三月から四月にかけて、マルガレーテの最後の協力による「アルトゥロ＝ウイの抑え得た興隆」が書かれた。逆境にあったヒトラーが、ナチ内過激派を粛清し、財閥の援助をとりつけ国防軍を操って政権を獲得し、遂にオーストリア併合に成功するまでの事件を、アメリカのギャングの世界に移しながら、その本質を解明しようとした野心作である。シカゴ市のギャング、アルトゥロ＝ウイは、青果業界の不況につけこみ、用心棒を買ってでるが相手にされない。しかし業界は不況を切り抜けるため、港湾工事を口実に市の貸付けを受けようとする。しかし正直者で通った市会のボス、ドグズバロ（ヒンデンブルク）を買収する必要がある。結局青果業者フレークはウイと結びシート（シュトライヒァー）の船会社を乗っとり、その株を巧みにドグズバロに贈与して市の貸付けを受ける。ウイは収賄を嗅《か》ぎつけてドグズバロをゆすり、業界の用心棒になる条件で港湾工事汚職をもみけす。シートの暗殺でけりがつ

アルトゥロ＝ウイを演ずるエッケハルト＝シャル　1960年

く。用心棒を拒む業者の倉庫は放火し（国会放火事件）また後悔して死んだドグズバロのにせの遺言書を作って市政を乗っとると、隣町シセロ（オーストリア）に目をつける。しかしウイの手下に仲間割れが起こったので、ジーリー（ゲーリング）ジボラ（ゲッペルス）と組んで乾分《こぶん》ローマ（レーム）を粛清する。ついでシセロの業界代表ダルフィート（ドルフース首相）を暗殺してシセロ市も手中に収め、さらに悪のシンジケートの範囲を広めようとする。各場の後に、歴史上の並行事件が幻灯で示され、相互関係が明らかになる。例えば5（場）では「シュライヒァー首相（土地貴族《ユンカー》出身の軍人）が東部救済資金の着服と税金横領を暴露するぞと脅迫されたときヒンデンブルクはヒトラーに政権を委ねた。その結果捜査は沙汰止みになった」という幻灯が投影される。

この作品には、大袈裟《おおげさ》な古典文体が使われ、また「リチャード三世」や「ファウスト」のパロディ場面が出てくる。ウイが演説上達のために、時代遅れの俳優に「シーザー」のアントニウスの演説の稽古をつけてもらう場面からもわかるように、ギャングに卑小化されたヒトラーは、様式は大袈裟なものを好む。

この劇の「叙事的」な特色をあげておこう。ブレヒトの叙事劇とは、ただ年代記的で場数が多い劇のことではない。各場には大きな事件が圧縮され、次の場では事件は経過なしにすでに次の段階に飛躍している。2ではシートがフレークに船会社を売れと脅迫され、背後にウイがいる事を悟る。3ではもう船会社は青果業者の手に渡っており、ドグズバロの買収に使われる。4ではすでに買収は成功し業界は市の貸付けを受けたあとで、ウイがそれをきいてゆすりにゆく。という具合で、途中経過は省略されるために多くの事件を盛りこめるのである。叙事劇とは作劇術の下手な作家が多場面の芝居を書く弁解とは違うことも知るべきであろう。

「真鍮買い」と「亡命者の対話」

このころブレヒトは、「街頭の場面」をはじめとする いくつかの 新しい演劇についての小論文や詩をすべて収集して体系化する案を考えていた。そこで枠組みとして、演劇の門外漢である「哲学者」が、友人が「文芸部員」をやっている劇場にひょっこり姿をあらわし、芝居のはねた後で、劇場関係者と演劇の話を始めるという設定をつくった。この哲学者は、門外漢であるために先入見にとらわれず、既成の演劇人たちにむかって、彼らのやっている演劇がいかにバカバカしいものかという議論を吹っかけるのである。「真鍮買い」という奇妙なタイトルは、哲学者のいうセリフからとられている。彼は劇場に来てみたら、自分が場違いのところに来たような気がしたという。どんな場違いか？　自分が屑鉄屋(真鍮商人)で、つぶしの真鍮を目方で買いに行くつもりで、こともあろうに楽団に行き、楽師の使っているまだつぶしにはならない真鍮製のトランペットの演奏を聞かされたようなものだというのである。つまり哲学者は、実質的なもの（真鍮の目方の値段）を求めに（買いに）劇場にいったのに劇場から与えられたものは、現実離れのした芸術（真鍮製のトランペット）だった、というほどの意味だろう。興味があるのは、根っからの芝居屋たちが、門外漢の哲学者の質問によって、はじめて自分のたずさわっている演劇がこれでいいのかという疑問を抱きだす点である。対話体で演劇理論を書くというのもいかにもブレヒトらしいやり方で、断定的に演劇とはかくあるべきだという押しつけ的な演劇論とは違って、読者はいろいろな演劇的立場をもつ対話者の討論を通じて、自分も演劇とは何かを考えることになるだろう。「真鍮買い」はプロジェクトの形で断片のまま残されたが、対話劇として上演することも可能である。

同じ対話形式で書かれた「亡命者の対話」は、目下フィンランドに亡命中のインテリと労働者出身のふたりの亡命者の対話を記録した形をとっている。明日の保証もない状況におかれながら、ふたりは国際情勢やファシズムや愛国心などというさまざまな主題で対話する。絶望的な状況のなかでも（いや、だからこそ）ふたりはユーモアを失わない。お互いの出身階級の差を知るために、お互いに生いたちを語りもする。政治論はもちろんだが、ポルノ文学論さえ話題になる。この対話は絶望感に陥りながらも英雄ぎらいのインテリのツイフェルが労働者カレの提案に応じ、連帯してファシズムと闘う決意をするところで終わっている。それが照れくさそうに書かれているので、連帯への絶望と読みちがえた人さえいる。しかしこの決意こそ、かれの亡命を支える強靱な柱であった。

長い旅路へ

四一年五月、チューリヒで「肝っ玉」が上演された報告をきいたころに、ようやくアメリカへの旅券がおりた。ブレヒト一家とふたりの女性、マルガレーテ＝シュテッフィン、ルート＝ベルラウは、まずレニングラード経由でモスクワに入った。松岡外相が四月に日ソ中立条約を結んだ直後のことであり、ドイツの亡命者たちにはライヒを除けばほとんど会うことができなかった。ここで肺を病んでいたマルガレーテの容態が急に悪化し、やむなく彼女をモスクワに残したまま旅を急がなければならなくなった。六月四日、シベリア鉄道がバイカルを越えたとき、ブレヒトはソ連作家同盟から彼女の訃報を受けとった。

ヒトラーを逃れて九年の亡命のあいだ／旅と、フィンランドの冬の酷寒と飢えと／他の大陸への旅券待ちに力尽き／われらの同志シュテッフィンは／赤い町モスクワで死んだ

ブレヒトは彼女を記念するため、この弔詩のほかに後にシュテッフィン詩集を編んでいる。

ドイツがソ連との不可侵条約を破棄し、ソ連に奇襲攻撃を開始したのは六月二二日のことであり、ブレヒトがウラジヴォストックからアメリカ行きの汽船アニー＝ジョンソン号に乗船して九日後のことだった。

Ⅲ　イージーゴーイングの国で

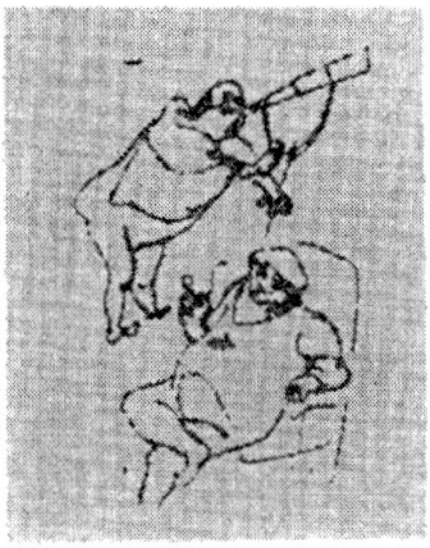

アメリカのドイツ人

サンタ－モニカで

ブレヒト一家とルートは、ウラジヴォストックからマニラを経由して、一九四一年七月二一日ようやくロサンゼルスの外港サンペドロに到着した。すでに亡命していたフォイヒトヴァンガー夫妻や、俳優グラナッハなどが、ハリウッドの一地区サンタ－モニカに家を借りておいてくれた。このあたりは亡命者も含めた多くの芸術家が在住しており、大都市より生活費も安く、仕事の可能性も多いということだった。ブレヒトはこの〈イージー－ゴーイングの国〉アメリカになかなかなじめず、新居も気に入らなかった。八月には親友ベンヤミンが逃走中スペイン国境で自殺した、というショッキングな報らせをうけた。彼の遺稿となった「歴史哲学的テーゼ」が手に入ったが、この明晰《めいせき》な著作を「誤解する人さえいない」状況がブレヒトを憂鬱にさせた。

近くには多くの亡命者が在住していたが、社会科学研究所に拠るフランクフルト学派の俊英マルクーゼ、ホルクハイマー、ポロックとは積極的な交際はせず、ただトゥイ的知識人の素材にするために観察していたようだ。在米亡命作家中最も成功して豪華な生活を送っていたトーマス＝マンとは最も疎遠《そえん》で、親しい往来のあったのはデーブリン、フォイヒトヴァンガー、ハインリヒ＝マンなどだった。八月に転居し、ルートも近くに家をみつけ、いよいよ生活のための戦いが始まった。筆一本で生活するブレヒトにとっては、ハリウッドの映画界にシナリオ原案を書くこと、戯曲の上演を実現することだけが収入の道だったが、彼のストーリーはハリウッドの映画産業の需要にはマッチせず、時として実現しそうになる戯曲上演の話も大抵は消えてしまった。すでに当地で映画監督として不動の地位を築いているフリッツ＝ラング、俳優ではエリーザベト＝ベルクナーやヘレーネ＝ティミヒ（ラインハルトの妻）、昔の協力者コルトナー、ペーター＝ロレ、ホモルカなどとも交渉をもったが、例えばベルクナーの「セチュアン」に対する、ロレの「ガリレイ」に対する反応をみても、「その夜一晩の娯楽」しか求めないアメリカの興業界の悪影響が感じられた。そのなかでは、アメリカの生活に頑《かたく》なに順応を拒んでいるユダヤ系俳優コルトナーの態度が好ましく映った。

ブレヒトはコルシュの「リヴィング－マルキシズム」には興味をもち続け、彼の著作を読み連絡をとった。コルシュに対しては、少なくとも労働者国家であるソ連の国家主義を弁護する姿勢をとり、評議会《レーテ》（ソヴィエト）がなぜ力をもちえないかを歴史的に研究してもらいたいという要望をのべている。

骨董《こっとう》店で「シナの福の神」（布袋）の像を需《もと》め、「バール」の発展的イメージである「福の神の旅」を着想したのもこの頃である。

太平洋戦争と「声」

四一年一二月八日に日本が真珠湾奇襲によって戦端を開いた時、ブレヒトは日記に「アドルフ（ヒトラー）よりヒロ（ヒト）へ。〈兄弟よ、君たちの計画を実行に移すのは週末に限る！〉これがハワイの惨劇に対する祝辞だ。ハワイの惨禍はひどいものだ」と記している。日米開戦によってカリフォルニア沿岸の人々は戦々兢々としていたが、ブレヒトはドイツの対米戦争突入によって、東部戦線がソ連に好転するのではないかと期待している。

この頃フォイヒトヴァンガーの小説がきっかけとなって、フランスの対独抵抗運動《レジスタンス》をテーマにした「声」（「シモーヌ＝マシャールの幻覚」）が書き始められた。ドイツ軍の進撃に怯《おび》えるフランスの田舎町で、旅館の下働きをしている一二歳の少女シモーヌは、読んでいたジャンヌ＝ダルク物語と自分を混同して夢を見る。劇の進行がしばしば夢によって中断される夢幻劇的な構成である。町のお偉方たちは、ドイツ機甲部隊が進駐すると、忽《たちま》ち愛国者から迎合者に変節し、あまつさえ隠匿していたガソリンまでドイツ軍に提供しようとする。夢のなかで町のお偉方はジャンヌ＝ダルクの登場人物とダブる。気の弱い町長はシャルル七世、旅館の女将はイザボー女王、旦那《カピタン》はブルゴーニュ公となり、愛国者ジャンヌになったシモーヌは、現実でもガソリンをドイツ軍に渡さぬために放火してしまう。占領軍の報復を恐れた町の支配層はすべてを精薄児シモーヌの仕業として彼女を施設に送りこむ。しかし彼女の行為によって避難民たちが抵抗に立ちあがるところが暗示されている。ブレヒトは、愛国心が階級闘争の鋒先《ほこさき》を鈍らせることをよく知っていたから、ここでもその点にも目を配っている。シモーヌはただの可憐な少女ではなく、グルシェやシェン＝テにも似た頑固なところをもっている。ブレヒトは一二歳の少女にシモーヌをやらせる条件に固執したので、上演は戦後になった。

パンのために

四二年は、ミッドウェー海戦、スターリングラードや北アフリカでのドイツ軍の後退で戦局が連合軍側に好転した年である。ブレヒトは市民権をもたぬ「敵性外人」として暮していたので行動も不自由であり、その立場からカリフォルニアの収容所に入れられた日系米人に対する差別的な扱いを同情の目で見守っている。「風景でさえも商品のレッテルがついている」ようなこのアメリカで、作品を商品として売るのは容易ではなかった。

交遊関係は広がり、アドルノとも知り合った。ブレヒトは彼のヴァーグナー論に興味をもったが、抑圧やコンプレックスという面からの解釈が強すぎると感じた。かつての協力者ヴァイルが、ニューヨークで黒人を使って「三文オペラ」を計画したいと打診してきたことで、ブロードウェイの売れっ子になっている彼との溝が深くなった。だがアイスラーは依然として信頼できる作曲家だった。五月にラインハルトから「第三帝国」をニューヨークで上演したいという提案があり、亡命ドイツ人を対象としたこの上演は六月にベルトルト＝フィアテルの演出で実現した。ルートはニューヨークに海外宣伝放送局員のポストを得て移住し、ブレヒトにもニューヨーク転居をすすめたが、一家をかかえた彼にはまだその経済的基盤がなかった。七月になってようやくハンガリーの抵抗運動とナチスの総督ハイドリヒ暗殺事件を扱ったシノプシスの〈売り込み〉が成功し、五〇〇〇ドルの手付金でややましな家に引っ越すことができた。しかしハリウッド側の協力者の職人仕事と折り合わず、本来の「理想的な」シナリオを別に残す案も実現しなかった。ブレヒトが希望した「人民を信ぜよ」というタイトルも採用されず、「刑吏もまた死す」という題で公開された。

ハリウッド哀歌（アイスラー作曲）はこういう時期に書かれた連作である。

彼らの町を駈けまわって／生計《たつき》のつてを求める度に／僕は言われる／君の潜在能力を示せ／商品を並べろ／売りこめ！／俺たちにぐっとくるネタを話せ／俺たちの偉さを物語にしろ／俺たちのひそかな願いをあててみろ……

日本の般若《はんにゃ》の面を見て「悪であることの辛さ」を歌った詩もこのなかに入っている。

ブレヒトはニューヨークでの仕事の可能性を検討しようと思い、そこでワークショップを開いているピスカートアに招聘状を書いてもらった。ニューヨーク行はまたルートとの再会の機会でもあった。四三年二月にブレヒトは、チューリヒで「セチュアン」が初演された報らせを受けとって車中の人となり、ニューヨークに着くと五七番街に住むルートの家に落ち着いた。

三カ月のニューヨーク滞在で多くの亡命者に再会した。以前アジプロ劇を書いていたウィットフォーゲル（戦前林房雄の手で翻訳された）のように反スターリニストになった者もいた。ヘルツフェルトの設立した「在米ドイツ文学芸術壇《トリビューン》」のメンバーと交流し、コルシュ、ハウプトマン女史、ゲオルク＝グロス、ピスカートア、シュテルンベルクにも再会した。ツィンナーの紹介でアメリカの劇作家オーデンとも知りあい、ウェブスターの「モルフィ侯爵夫人」改作の件がきまり、ヴァイルとも新しい仕事の可能性について話し合った。チャイナータウンでみた「越劇」によって、中国劇への関心がまた呼びさまされた。

第二次大戦の「シュヴェイク」

五月末サンターモニカに帰ったブレヒトは、「シュヴェイク」を現代に置き換える案を検討してみた。原作のシュヴェイクの策略は、現代には通用せず、彼は残されたわずかなチャンスを利用する機会主義者《オポチュニスト》にすぎないのではなかろうか？　独軍占領下のプラハに出現する「シュヴェイク」の創作の筆はかなり早く進んだ。劇中歌の突撃隊《エスアー》の行進曲ホルストヴェッセルの替歌「仔牛の行進曲」を作るとアイスラーがすぐ曲をつけてくれるというような好条件にも恵まれた。占領下のプラハの飲屋「盃亭」のコペカのおかみは新たに作られた人物で、有名な反戦歌「兵士の妻は何を貰った」や、いつかは変革がくるという「モルダウの歌」は彼女が歌う。犬屋シュヴェイクは大食いの友人バロウンが空腹から軍隊に入るのをとめようとして、結局自分が軍隊入りする羽目になる。こういう庶民の世界と対照的に、上層階級のヒトラーをはじめとする領袖たちが、等身大以上の姿で登場する場面が挿入される。結局シュヴェイクはスターリングラードの雪に蔽《おお》われた戦場でヒトラーに出遭い、彼を残して雪の戦場を逃走してゆくが彼が生きのびるかどうかは示されていない。シュヴェイクの狡智は、絶対に抵抗しないこと、「奴隷の言葉」を使い、相手に尻尾を掴ませぬこと、命令を実直に遵奉《じゅんぽう》することによって結果的に怠業すること、などであるが、かつてのブレヒトの戯曲の人物たちも持っていたこういう抵抗法の限界も示されているようにみえる。ブレヒトが執筆前から、シュヴェイクをオポチュニストと規定していたこともそれを裏付けているようだが、一方では「肝っ玉」の反対作品として抵抗的な要素も認めている。この劇はドイツ軍のスターリングラードにおける降伏の四カ月後、ムッソリーニが首相を罷免されたころにほぼ完成された。

トーマス＝マンとの確執

イタリアのファシスト政権の崩壊は、大戦の終結を予測させるもので、ドイツ亡命人たちの間でも戦後にどう対処するかという問題が起こったのは当然であった。この件をめぐって、ブレヒトとトーマス＝マンの不和が顕在化することになるのである。七月一三日にソヴィエトで、ドイツ亡命者と戦争捕虜が自由ドイツ国民委員会《ナツィオナール＝コミテイー＝フライエス＝ドイチュラント》を設立したというニュースが入ってきた。重要な設立メンバーである詩人ベッヒァーの発言にブレヒトはドイツ－ナショナリズムの別の表れ方を感じた。カリフォルニアに在住する亡命人の間でこれに対応して自由ドイツ委員会を創設する動きがあり、ブレヒトはこの会の設立にかなり積極的に働いた。彼が本質的にはブルジョワ文学者とみなしていたトーマス＝マンにも参加要請を行うことが得策だということになり、八月一日、演出家フィアテルの家に、ブレヒト、フォイヒトヴァンガー、ハインリヒ＝マン、トーマス＝マン、ブルーノ＝フランク、ハンス＝ライヒェンバハ、ルートウィヒ＝マルクーゼなどが集まって声明書が起草された。まずソヴィエトでの委員会設立を歓迎したあと、次の様な結びの文章がくる。

「われわれも、ヒトラー政権及びヒトラーに癒着《ゆちゃく》した層と、ドイツの民衆という二者を峻別《しゅんべつ》する必要性を痛感する。われわれはドイツに強力な民主主義が生まれぬ限り、永続的な世界平和は生まれぬと確信するものである。」

「癒着した層」という句が問題になったが、ともかく声明書は完成した。ところがブレヒトを激怒させたのは、翌日になってトーマス＝マンがこの署名の撤回を申し出たことであった。あのような声明は、連合国の「足をひっぱること」になるし、自分はドイツ国民は〈誰彼の区別なく〉今後連合国によって一〇年か二〇年は懲罰調教される必要があると思う、とマンは言った。彼は自分が親ソ的とみられることを警戒していたらしいが、基本的にはドイツ人を「いいドイツ人と悪いドイツ人に分ける」発想に反対だったのである（後のマンの論文「ドイツとドイツ人」でも、マンは、ドイツ人を悪にも変容しうる危険な反面をもったアンビバレントな存在と捉えている）。ベッヒァーの考える新生ドイツをナショナリズムのむしかえしと考えたブレヒトは、このマンの意見（すべてのドイツ人は罪があり調教を必要とする、そのためには五〇万ぐらい死んでも仕方がない）に対してもむき出しの憎悪を示している。それでもブレヒトは四四年に更に委員会を発展させて「民主ドイツ評議会」を設立するためいま一度マンに対して、「ドイツにも民主主義的な力があること」を疑わせるような発言を慎しみ、協力してくれるように要請している。この評議会設立については、右派社民党系のドイツ人からの攻撃もあったため、マンは賢明にもこういう一切の運動から身をひいた。評議会は四四年に神学者パウル＝ティリヒを会長として成立した。マンとの一件の総括としてブレヒトは、「ヒトラー政権の犯した犯罪の罰としてドイツ民族に一〇年の懲罰を与える権利を英米人に与えたノーベル賞作家マン」を痛烈に批判した詩を書いている。亡命初期にはブレヒトは、亡命者でもブルジョワ的リベラリストと左翼的な人々をはっきり分けるような立場にいたのだが、この時期には、在米亡命者の統一戦線的な組織を作ろうと考えていたようにみえる。それはソヴィエトにできた自由ドイツ国民委員会に認められる左翼ナショナリズムを牽制する意味も含まれていたのかもしれない。

四三年の九月頃には、ブレヒトは再び経済的に苦しくなりシナリオの売り込みを考えねばならなくなっていた。九月に「ガリレイ」が初稿の形でチューリヒで初演されたが、金になるのは映画だった。

アメリカ演劇界とブレヒト

一一月一三日にはドイツに残った彼の息子フランクがロシア戦線で戦死しているが、それを知ったのは恐らくずっと後のことだろう、一一月から翌年の三月までを、ブレヒトはまたニューヨークのルートのもとで送る。

アメリカの演劇界とも多少のかかわりができ、オデッツ、オーデン、イシャーウッドのような左翼系の作家の作品のほか、ソーントン＝ワイルダーの「わが町」のような非イリュージョン演劇として形式的に興味のある作品も視野に入ってきた。もとゲオルゲ研究者だったベントリーのような翻訳者に事欠かなくなってきたことも、作品の上演には有利であり、事実「第三帝国」は彼の翻訳によって「支配民族の私生活」という題で上演された。

四四年三月にサンタ＝モニカに帰ったブレヒトは「コーカサスの白墨の輪」の執筆を開始したが、「シュヴェイク」の翻訳に興味をもったチャールズ＝ロートンと知己を得るようになったことは大きな収穫であった。彼のシェイクスピアや聖書の朗読は刺戟的であった。ロートンを主演とする「ガリレイ」上演の話も進展し、四四年の暮から共同の台本制作作業が始まる。

中国劇をヒントに

六月の連合軍のノルマンディー上陸作戦によって大戦の局面が大きく変わり始めた四四年に、ブレヒトは「コーカサスの白墨の輪」を完成している。ルートのもとに滞在中の四三年秋にはすでに計画はかなり進んでいたらしい。原作は元代の中国劇「灰《かい》欄記《らんき》」で日本にも大岡裁きの形で伝わっている。生みの母と育ての母を見分けるために子供を輪のなかに入れて手をひかせてとりあいをさせると、生みの親の方が子供を傷つけるに忍びず思わず手を離してしまい、これによって名裁判官が本当の母を見抜く話である。似たような話は旧約の賢者ソロモン王の故事にも語られている。ドイツでは、ブレヒトの愛していた女優カロラ＝ネーアーの夫である詩人のクラブントが原作にそったアレンジを行いかなりの成功を収めた。別の劇作家（ギュンター）の翻案もある。ブレヒトはすでにこれらの作品にヒントを得て、解決だけを逆転させた短篇小説「アウグスブルクの白墨の輪」を三〇年戦争のドイツを背景にして書いている。従来の解決とは違ってブレヒトでは、育ての親のほうが子供により強い愛情をもち、子供を引く手を離してしまうのである。この作中では生みの親は物欲の強い女として描かれ、皇帝軍が町に乱入した時、自分の持ち物を救い出すことに夢中になって乳呑児《ちのみご》を捨てて逃走してしまう。その子を敵兵の手から救ったのはその家の女中アンナだった。彼女はこの戦乱のなかで、この子を育てるために気に染まぬ結婚までするのである。ところが秩序が回復すると、夫を殺された実の母は遺産相続のために実子が必要となり、女中が育てている子を裁判によってとり返そうとするのである。白墨の輪の裁判では、愛情のない生みの親が利欲にかられて実子の手を引っ張り続け、結局母親たるに値しないという裁きをうける。真の愛情は必ずしも血のつながりによっては決定されないというのがブレヒトの示した新しい見方であった。とくに私有財産制度の恩恵にあずかっている上流階級の人間のほうが物欲が強いために、貧しい階級の人々より人間性を失っているというのがこの作品の階級的視点といえるだろう。短篇小説としてはみごとな構成をもっているが、従来の主題を逆転させるという基本発想の説得力がまだ稀薄《きはく》なところもある。これを一晩ものの戯曲にするためにはなお多くの着想が必要であった。ブレヒトは四四年三月にニューヨークから戻ると直ちに改作に着手し、六月には初稿を完成している。執筆の段階からルートの協力を仰ぐことが多かったが、九月一日にこの作品に現行の序幕と終景をつけて完成稿とした二日後、ルートがブレヒトの男児を生んでいる。この子は作中の子供の名をとってミヘルと命名されるはずだったが、数日しか生きながらえず、事件は秘密裡に処理されてしまった。

「コーカサスの白墨の輪」

「コーカサスの白墨の輪」では舞台はコーカサスのグルジア地方に移され、芝居全体はドイツ軍が撃退されたあとの荒廃したコルホーズに戻ってきた住民たちの行う劇中劇という枠にくみこまれる。そして過去のこの地方の物語が、現在のコルホーズに起こっている問題の寓意《たとえ》として演ぜられるのだ。ここはドイツに占領される以前は牧畜コルホーズだったが、ドイツ軍撃退後に、この土地は灌漑工事をすれば果樹栽培に適していることが明らかになり、前からの住民にはこの土地を果樹栽培コルホーズの住民に明け渡す案が提示された。しかしこの処理に不満な前からの住民たちは、ここに戻りたいと提訴する。中央から

「コーカサスの白墨の輪」
アツダク（ブッシュ）、領主夫人（ヴァイゲル）、グルシェ（フルヴィッツ）。1954年

派遣されてきた委員は、この土地をめぐる両コルホーズの争いの決着を双方の話しあいにまかせる。理性的な討論の結果、この土地は栽培コルホーズの手に移る。なぜか？　その理由を比喩的に教えてくれるのが余興として演ぜられる劇中劇なのである。子供にとってよい親とは、子供が将来人々のために役立つように（生産的に）育てる母親である。生みの母か育ての母かは二義的な問題である。同様に、土地（子）とそこに住む人々（親）との関係は、その土地を人々のためにより生産的に育てていける住民のほうが望ましいのであって、住民と土地とのつながり（血のつながり）は二次的なことである。この寓意はエピローグで「持物と持主の関係は／役立つものが役立つ人のものになること／子供は母性愛をもつ女のもとでよく育ち／車は巧みな運転者のものになってよく走り／谷は灌漑する人たちのものになって実りをもたらす」と語られるときはじめて明瞭になってくる。

　小説の裕福な商人の妻は、この作品ではグルジアの領主夫人になり、子供は領地相続権をもった若君ということになる。しかし改作に当たってブレヒトが最も意を用いたのは裁判官の性格である。だいたい、正義の裁きという勧善懲悪を扱った芝居は、俗受けするだけに危険な反面が見落とされがちである、それどころか不正がはびこっている状況下ではとくに人気があり、人々はしばしば現実の不正や紊乱《びんらん》への不満を、芝居の絵空事の上で行われる正義の裁きで解消しがちである。このフラストレーション解消の効果は、安全弁として、現実に存在する不正だらけの社会を温存するように働くのである。逆説的にいえば、不正だらけの既成社会を永続させたい権力者にとっては、不正は罰せられるという錯覚を強めてくれる、正義の裁きの劇や映画こそまさに歓迎すべきものなのだ。水戸黄門や大岡越前も、もともとは正義を希求する民衆のはかない夢として成立したのであろうが、今はまさに民衆の麻薬として使われているとしか思えない。「コーカサス」も勝手な改竄《かいざん》をして上演すれば無害な芝居になりやすい。その歯止めとなっているのがこの作品で新たに大きな部分を占めることになった名裁判官アツダクの筋なのである。「アウグスブルク」に登場する名裁判官ドーリングは変わり者で剛直な人間として描かれるものの、体制の裁判官である限り、彼の正義の裁きは体制を正当化することにしかならない。アツダクは、無秩序の時代の裁判官だ。アツダクがなぜ裁判官になりえたかという部分を全部カットしたら（そういう上演が日本で実際にあった）「コーカサス」も無害の名裁判劇になってしまう。

この物語はまずグルジア地方に昔おこった権力者内部の権力争いからおこる。大公とこの地の領主が、貴族階級のクーデターによって座を追われ領主は殺される。領主夫人は逃亡の時自分の装身具を持ち出すことに心を奪われて危険が迫り、一粒種の世継ぎの君を捨てて逃げてしまう。召使のグルシェは、身の破滅を招く恐れを知りつつも、遂に「善への誘惑」に負け（ブレヒトの異化的造語である。子供を救うことは善だが、身の破滅をもたらすことを考えれば誘惑なのだ）、若君を背負って逃げる。若君の命を狙う反乱軍の兵士たちの追跡を辛うじて逃れ、ようやく北国の裕福な農家に入婿している兄の家に辿《たど》りつく。彼女は若君をわが子と偽《いつわ》るが、兄嫁から父なし児を生んだ不身持女と疑われるので、兄は一計を案じ、瀕死《ひんし》の男の母に金をつかませて妹に名目上の夫をつくってやる。ところがこの形式結婚は全く目論《もくろ》見《み》が外れる。結婚式の日に、内乱が終わり瀕死の病人が元気にとび起きてしまうのだ。彼は兵役のがれに仮病を使っていたのだった。彼女グルシェには、反乱の起こった日に言い交した恋人がいた。彼は反乱軍を鎮圧する側の兵士として出陣したが、内乱が終われば当然帰ってくる。ところが皮肉なことに、今は彼女は健康な夫をもつことになってしまった。彼女は、自分でミヘルと名づけた子供を育てるためにひたすらに辛い結婚生活に耐える（「アウグスブルクの白墨の輪」の女主人公アンナには恋人がいないから、気にそまぬ結婚によって自分の幸福まで犠牲にしたことになっている。「コーカサス」では、グルシェは新しい夫には忠実に仕えながら夜伽《よとぎ》は拒み通すことになっているが、これには少し無理がある）。こうしてある日、兵士シモンが戦場から帰ってくる。しかし彼は、グルシェが自分を裏切って結婚したと誤解する。その誤解も解けぬうちに、グルシェはもうひとつの打撃に見舞われる。旧秩序が回復し、領主夫人は若君が生きていれば旧領地を相続できることになる。彼女は若君がグルシェの手で育てられていることを知り彼女を訴える。子供は都の裁判所に連れ去られ、愛し児を奪われたグルシェはわが子のあとを追う。さてこの裁判を行うのは誰なのか。

名奉行アツダク

この疑問に答えるために、芝居の時間は再び叛乱の起こった日にひきもどされる。飲んだくれで密猟者の役場の書記アツダクは、みすぼらしい老人を連れて家に戻ってくる。実はこれは、反乱者に狙われている大公その人なのであるが、アツダクはそれに気づかない。アツダクの密猟の現場をおさえようとしている警官のシャウワが来ると大公はひどく怯える。一夜の宿を貸し逃がしてやったあとで、アツダクはそれが大公であったことに気づく。彼は自分の犯した重大なミスに気づき、警官シャウワに自分を縛らせ進んで裁判所に出頭する。彼は実は挫折した革命家であり、上層の権力争いを下からの革命と感ちがいしたのである。裁判所に行ってわかったのは貴族のクーデターの混乱に乗じて織物職人が下からの暴動に立ちあがり、裁判所の奉行を殺したということだった。しかしクーデターに成功した側は、下からの暴動は自分たちにも危険であることをよく知っているので、職人たちを直ちに鎮圧した。このクーデターの首謀者カツベキは、殺された奉行の後釜に自分の甥を据えたいのだが、現在は部下の兵士を手なづける必要があり、一応民主的に奉行を決めようとする。兵隊たちは、奉行などは昔から屑野郎だったのだから、今回はいっそ始めから屑野郎を奉行にしようと進言し、アツダクを新しい奉行にしてしまう。秩序が崩壊しはじめたどさくさの時代だからこそ、屑野郎のアツダクが奉行になることができたのである。そのテストのために行った裁判官の試験でも不思議な才能を示したアツダクは、奉行になるとすばらしい手腕を発揮する。彼の名裁判の例がいくつか演じられるが、それは全く型破りのものである、彼は持てるものから賄賂《わいろ》をとれるだけとりながら、貧しいものの有利になるような判決を下す。上からみて無秩序な時代に、はじめてほとんど理想的な裁判が行われるという皮肉。ところがこの黄金時代は長くは続かず、旧秩序が回復すればアツダクは奉行の座を追われる運命である。二年の戦乱ののち、大公が本当は敵だったペルシアの力をかりて旧秩序を回復すると、アツダクは逃げ仕度を始める、彼は人間的な臆病《おくびょう》者なのだ。そのどたん場に、領主夫人とグルシェの実子判定裁判が行われることになるのである。

こうして、グルシェの筋とアツダクの筋が交わった時、有名な裁判が始まる。その前にアツダクは、奉行の座を追われるばかりか縛り首にされそうになる。ところが劇的な偶然が起こる。アツダクが命を助けたことをあれほど悔やんでいた大公が、アツダクへの恩賞として彼を新奉行に任命したのだ。この偶然は劇としてうまくできすぎているが、逆にいえばアツダクのような裁判は、よほどの僥倖《ぎょうこう》が重ならない限りありえないということを意識させることになる。この劇的偶然の導入によってのみ、理想的な実子裁判が可能になったのである。アツダクは例によって領主夫人側から賄賂を受けとるばかりか、愚直なグルシェをたしなめさえする。ヒロイン、グルシェは善良だが馬鹿正直で頑固なところがあり（ブレヒト自身、ブリューゲルの絵「きちがいグレーテ」に似ているといっている）、アツダクは人間的には彼女のようなまじめな女は苦手なようだ。彼女への意地悪い対応ぶりはそんな感じさえ与える。アツダクは更に、お前がこの子を本当に愛しているなら、この子が領主の相続人になり、金の靴をはき、金殿玉楼《きんでんぎょくろう》に住むことになる方が幸福と思わないかと質問する。グルシェは黙っているが、その心の中は語り手によって歌われる。この子が支配者になり人を踏みつけて生きていく身分になったら、かえってこの子の不幸である。飢えに生きる（貧しいくらしをする）ことは恐ろしいが、飢えたるものを恐れて暮らすことはもっと辛いのだ、闇は恐ろしいが、光を恐れて暮らすのはもっと恐ろしい。グルシェはこの子を人に憎まれる支配者にするためにではなく、周囲の人々に援助の手をさしのべる人間に育てたいと思うのだ。これが前述したように私有までを否定するような作品全体の寓意とかかわってくるのである（光とは無知から解放されることである）。

ブレヒトがすでに四四年の時点で、ソヴィエトのコルホーズを芝居の枠に用いたのはなぜだろう？　たしかに、中央からの委員が官僚的な決定をおしつけず、コルホーズ間の理性的な話し合いで問題を解決するというのは、ソ連の現実と対置すればあり得ないほど理想化されている。これこそ自然な民主形態だが、国家という構造のなかでそれを実現するのがいかに困難なことであるかは誰でも知っている。むしろこの場は、ユートピアがいまだに到来していないことを意識させるために書かれているような気さえする。みごとな裁判を終え、グルシェをシモンと結婚させたあと、名奉行アツダクは報復を恐れて姿をくらまさなければならない。劇中劇もユートピアだ。しかもこの〈ほとんど〉（全くではない）公正な裁判の行われたアツダクの伝説の時代は、劇中劇のなかでも幻のように消えてゆく。作中の理想化されたソ連も現実のことでない。そういう意味で、この作品を完全に演ずれば、フラストレーション解消の劇にはならず、現実を理想に近づけるにはどうすべきかという熟考を強いる劇になるはずで、そこが「水戸黄門」「遠山の金さん」等々と違う点なのである。

仮面と諺と

なおこの作品でも仮面が用いられている。「セチュアン」の場合もそうだが、ブレヒトの作品では硬化して人間的な発展の可能性を全くもたぬ人物のみが表情の固定した仮面をつけ、まだ人間性を残している人たちは、残り方の度合で半仮面（たとえば半ば非人間化した下級兵士）あるいは素顔で登場する。全員仮面をつけるふつうの仮面劇とは違うのである。ブレヒトの興味は様式自体にあるのではなく、内容を示す手段としての様式にむけられている。

なおグルシェの恋人の無口のシモンは、しばしば重みのある諺のような発言をする。「いろはがるた」でもわかるように諺、俚諺《りげん》などは、民衆的でありながら比喩的に使われ、寓意の機能をもつ。

たとえば「(貴人用の)白馬が蹄鉄を打たれるときは、ウマバエまでその真似をして(優雅に)前足をさしだす」とは、彼が小物のくせに権力者(裁判官)のまねをする(収賄までする)アツダクを皮肉るときの含みの多いセリフである。戦時中に完成したこの劇はその後も折にふれて手を加えられている。ドイツ敗戦の日の日記に「ヒトラーが勝つときいっしょに勝たないドイツ人(庶民)も、負ける時はいっしょだ」と書いているが、これはこの劇のソング「支配者が谷に落ちるときは馬車をひく馬(支配者の奴隷)までまきぞえで一緒に谷底へ落ちる」という句と対応している。被支配者は支配者の恩恵に与《あづか》ることはないが、まきぞえにだけはなるのである。

「コーカサス」脱稿直後にルートの出産と子供の死をきいたブレヒトは、私的なトラブルのなかでも仕事を続ける。以前断片として書いた「孔子の生涯」を、別のプランであるローザ＝ルクセンブルク劇を補足する牧神劇《サチュル》に改作しようと試みたり、左翼のユダヤ人に認められる強いシオニズムの傾向や、フランスにおけるド＝ゴール亡命政権とヴィシー政府の問題を討論の素材とした作品を考え、ロートンとの「ガリレイ」の台本作りも捗《はかど》った。作曲家アイスラーやデッサウ(この頃はハウプトマン女史の夫)と叙事演劇における音楽の問題を検討した。四五年に入ると「バール」の発展的な構想として、幸福を求める人間の意志の根絶しえぬことを示そうとした「福の神の旅」というオペラの構想をデッサウと練るかたわら、「共産党宣言」を六脚の詩型で書き直す作業にも手をつけ始めた。

ナチス－ドイツの崩壊

このころ「第三帝国」を「支配民族の私生活」という題でニューヨークで上演する計画が生まれ、ブレヒトは演出者にベルトルト＝フィアテルを希望した。しかしナチス崩壊の直前の今この作品を上演することは時宜《じぎ》を得ているか、という問題が出てきた。マンの「ドイツ人調教案」にあれほど立腹したブレヒトは、この場合はこの作品がドイツ人のいい面ばかり見せすぎはしないかという危惧を抱いたのである。ドイツ人とナチスを同一視するのは正しくないが、ナチス以外のドイツ人は皆被害者だという安直な弁護はいけない。こういうブレヒトの立場は、首尾一貫を欠くというのではなく、事態に相対的に対処しようという態度からくるのである。それはほとんど中庸ともいえそうな態度である。結局「支配民族」はドイツ敗戦後の六月に上演されたが、一流の亡命俳優も登場したのに失敗に終わったのは、またもや劇評家の無理解のせいだった。ナチス－ドイツの降伏の報告に接したブレヒトは「そして五月がやってきて、千年王国は亡びた」という詩を日記に書きつけるが、敗戦後のドイツに果たして社会主義的な国家が誕生しうるかという問題にはひじょうに関心をもち、さまざまな分析を試みている。

「支配民族」の上演のためにニューヨークに赴いたブレヒトは名女優ベルクナーのためにエリザベス朝の作家ウェブスターの「モルフィ侯爵夫人」の改作にとりかかった。常識からいうと悪趣味な夫人と執事の関係を扱ったこの作品は、その特異性によってブレヒトの関心をひいたのだが（「プンティラ」のマッティとエヴァの関係を連想させる）、協力者ヘイズの意図は、原作を骨抜きにしてできるだけ当たりさわりのない形にすることであり、ブレヒトのプランは全く生かされなかった。

原爆の時代の科学者

広島と長崎の原爆投下によって日本は降伏し、第二次大戦は終結したが、原爆の投下はブレヒトに「ガリレイ」劇を大幅に改稿させる契機を与えた。ガリレイが表面は権力（教会）に屈従しながら研究を継続完成したことは抵抗運動として肯定的な面ももっていた。しかし科学が権力に奉仕した結果生まれた原爆の惨禍を前にしてみると、地動説撤回によって科学が権力に屈従するという先例を作り出した罪（近代科学の原罪）の方が大きいのである。改作で大きく変えられたのは、一四場のガリレイの自己断罪である。

「かつては私は科学者として唯一無二の機会に恵まれた。私の時代に天文学は民衆の集まる市場にまで達したのだ。この特異な状況の下で、一人の男が節を屈することをしなかったら、全世界を震憾させることもできたはずだった。私が抵抗していたら、自然科学者は、医者達の間のヒポクラテスの誓いのようなものを行うことになったかもしれない。自分達の知識を人類の福祉のため以外には用いないというあの誓いだ。ところが現状で期待できるのはせいぜい、どんなことにも手を貸す発見の才のある小人の族輩《うからやから》にすぎない。それに私は一度だって本当の危険に曝されたことはなかったと思うよ。数年間私はお上《かみ》と同じ力をもっていたのだ。だのに私は、自分の知識を権力者に引き渡して、彼らがそれを全く自分の都合で使ったり使わなかったり、悪用したりできるようにしてしまったのだ。」

これはガリレイの抵抗の方法を新しいモラルだと考えて讃嘆する弟子のアンドレアを前にしてガリレイの行う自己断罪である。

「科学者が何か新しい成果を獲得したといってあげる歓喜の叫びは、全世界の人々がひとしなみにあげる恐怖の叫びによって答えられる」ような時代は、原爆の時代になってはっきりした形をとることになったのである。初稿第八場ではブレヒトはガリレイ自身に、散文「コイナさん談義」で使っているのと同じ物語（コイナさんが暴力に全く抵抗せずに暴力の枯死するのを待つという消極的抵抗法）を語らせているが、それは勿論カットされた。激しい断罪にも拘らず、主人公ガリレイの魅力が全くはぎとられたわけではなく、改作によってガリレイは魅力ある矛盾的形象になっている。ブレヒトはこの劇の主人公は民衆だというが、ガリレイの研究意欲が科学と人類の福祉を拡大し権威に対する疑惑を植えつけるという方向と一致していた限りにおいては、もちろん肯定されるべきものであった。民衆のカーニヴァルの場面では、民衆にとって地動説は直ちに権威の崩壊と結びついており、ガリレイより社会的に前進した姿勢さえ示している。それに対して、ガリレイの研究は自己目的になってゆき、そういう民衆とは距離をとろうとさえする。権力に誤用されるのは、このように自己目的化してしまった科学なのである。

それでも最終景では、ガリレイが教会の目を盗んで完成した「新科学対話」が国境を越えて、よ

ロートン（右）（1947年）とブッシュ（1957年）の「ガリレイ」

り研究の自由のある新教国に持ち出されることになるが、この場面は結局ガリレイの肯定的評価を強める恐れがあるためか、大抵の上演ではカットされるのが普通である。

戦後のアメリカで

このことと関連してブレヒトは、原爆を世界政府の管理に委ねるべきだといったアインシュタインを批判し、「この世界政府なるものは企業家やスタンダード・オイルの構想するものだ」と言っている。

敗戦直後のドイツを想定して書かれたのは後に映画化された短篇「二人の息子」で、ソ連兵の捕虜に息子の面影をみとめて食糧を恵んでやった農婦が、敗走中に家にたち寄りなお抗戦しようとする息子を縛りあげ、命を救うために彼を進撃してきた敵軍に引き渡すという話だが、この母にはやや「肝っ玉」のような面影がある。しかし四五年は、主としてロートンとの協力による「ガリレイ」改作に主力がおかれ、一二月には改作が完了している。一九四六年という年は不思議に記録がなく、日記の記述もほとんど

非米活動委員会を
煙に巻くブレヒト

ない。「ガリレイ」の上演計画が一時見送りになったこともあろうが、ブレヒトはすでにドイツ帰国後の計画の可能性などについてさまざまな検討を行っていたらしい。出版業者ズーアカンプや舞台装置家ネーアーとの文通からもそれは察せられる。秋に「モルフィ侯爵夫人」上演の機会にニューヨークに赴いたことが知られている。

　四六年に入ってからも、ピスカートアに、ドイツ演劇の地域性を克服するために、ベルリンで、お互いに様式の違いを意識してそれぞれの演劇を競いあってはどうかと提案している。四七年七月には遂に、ビヴァリーーヒルズのコロネット劇場で、ロートン主演による「ガリレイ」の上演が実現した。真夏なので劇場のまわりに氷を積んだトラックを走らせ、通風口から冷風が入るようにしたというエピソードは、人間がものを考えるには肉体的にも快適な状態にいなければならないというブレヒトらしい発想だが、この急造冷房もあまり役にたたず、批評も芳しくなかったのは、アメリカの劇評家が考える演劇というものに慣れていなかったためと思われる。

非米活動委員会を煙に巻いて

帰国の準備にとりかかっていたブレヒトは、英米仏ソ四か国の占領管理下に分割されているドイツの情報を知り新しい仕事の可能性を吟味するために、まずスイスに赴く計画をたてた。冷戦が進行する状況のなかで、アメリカではすでに左翼的な知識人をマークするために非米活動調査委員会が設けられていたが、出発を目前にした四七年一〇月三〇日にブレヒトは査問委員会に出頭することを命ぜられた。査問においてブレヒトは、彼の作中人物に劣らぬ狡猾ぶりを発揮して追及をかわしたので、結局起訴されることもなくその日のうちにニューヨークに戻り、ラジオで放送された査問の再録放送をきくことができた。

共産党に入党したことがあるかという問いを否定し、共産主義的とみられた教育劇「処置」の内容について尋ねられると、勘違いして別の作品「イエスマン」の内容を述べたので、他の作品まで調べあげていなかった委員会は煙に巻かれて彼を放免せざるをえなかったのである。最近ＦＢＩのブレヒトに関する調査資料が公開され、これによって彼の私的な行動のかなり微細な部分まで記録されていたことが明らかになったが、これは今後、彼の伝記の空白を埋める役には立つかもしれない。

翌三一日、「ガリレイ」上演のためにニューヨークに来ており、ブレヒトの査問が大事に至らなかったために上演の困難もなくなったことを喜んでいるロートンと別れを告げ、午後には機上の人となったブレヒトは、この「反動のユートピア」と呼んだ国を後にしたのである。

Ⅳ　実践の途上で

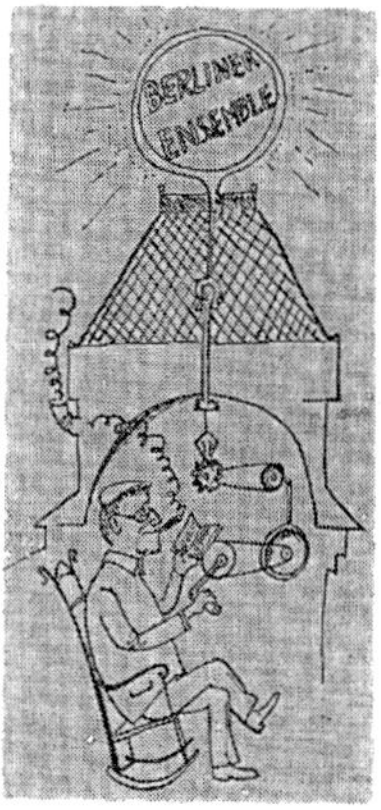

帰郷と再建

まずチューリヒに

ブレヒトの目的地はベルリンであったが、まず戦後のドイツの状況を観測する必要があった。ベルリンに住む女流作家ゼーガースにパリで出迎えをうけたブレヒトは、彼女の情報から、一時チューリヒで時機を待つのが得策だと判断した。パリではジャン＝ルイ＝バローによるカフカの「審判」を見て、「錯乱を表現するかわりに錯乱した表現」と酷評している。一九四六年一一月五日に汽車でチューリヒに着いたブレヒトは、旧友ネーアーや戦時中に彼の作品を上演した当地の劇場監督ヴェルターリンに迎えられた。ヒルシュヘルト、ツックマイヤー、ケストナー、ベルゲングリューン、それに新進劇作家で後にブレヒトと対決することになるマックス＝フリッシュなどが一堂に会して行った「今日では平和か戦争かという選択はなく、平和か破滅かという二者択一しか存在しない」という反戦アピールにも参加している。

ロートン用の「ガリレイ」台本（第二稿）の独訳を終えるとブレヒトは、舞台装置家として精力的に活動しているネーアーとの共同作業を開始した。その候補にあがったのがソポクレス作ヘルダーリン訳の「アンティゴネ」である。しばらくはチューリヒ滞在をきめて近郊フェルトマイレンの農家を借り、多年舞台を離れていたヴァイゲルの仕事のことも考えていた矢先に、偶然町でクールの市立劇場の監督と会ったのがきっかけで、「アンティゴネ」の上演が実現することになった。

またこの頃劇と叙事詩の本質を論じたゲーテ・シラーの往復書簡にも関心をもち、また自分の演劇体系を簡潔化した「演劇のための小思考原理《クライネスーオルガノン》」を書きあげた。題名は科学者としては評価していたベーコンの「新機関《ノヴムーオルガスム》」から借りたものであるが、とかく情緒に傾き易い演劇を、科学的な視点から思考への挑発に変えようとする姿勢がよく現れている。一方演劇論の集大成である「真鍮買い」も書き溜められていく。

四八年の「アンティゴネ」　四八年は早々から「アンティゴネ」の稽古が始まった。クレオンの配役に難航したが一月半ばにガウグラーに決まり、仕事はようやく軌道に乗った。ブレヒトをなにより満足させたのは、共同演出者ネーアーの演出的な装置プランであった。ブレヒトの五〇歳の誕生日には公開試演が行われ、その結果に満足した彼は、自分の演劇のモデルとしてその記録を残すことを考え、アメリカから少し遅れて帰ったルートが記録用の写真をとった。しかし主演ヴァイゲルの名演技があったのに、上演はクールで四回、チューリヒの客演一回で終わり、一九四八年の上演用に書かれた「序幕」は舞台にのらなかった。

敗戦まぎわのベルリンに住む二人の姉妹のもとに、戦場から脱走した兄が戻ってきたらしい。外

ブレヒト(左)と
カスパー＝ネーアー

からきこえる悲鳴は兄が親衛隊員《エスーエス》に絞首刑に処せられることを暗示している。姉は首の綱を切りに出ようとするが妹はとめる。入って来た親衛隊員に対し、妹は国家反逆者にされるのが怖くて肉身を否認する。そして姉は?という導入である。原作に加えた最も大きな変更はクレオンの性格である。原作ではクレオンは国家原理を代表し、国法に背いて死んだ兄の野ざらしの屍体を国禁を犯して埋葬しようとするアンティゴネの人間性と対立し、国家原理は私人の情を断罪しようとする。改作ではクレオンは隣国アルゴスの鉱山を狙う侵略戦争を遂行している。この侵略戦争に反逆した兄は、国家反逆者である。だが戦争で苦しむ民衆は、兄の屍体を葬ろうとしたアンティゴネを支持する。クレオンの息子で彼女の許婚者であるハイモンも民衆の声をきくように進言する。だがクレオンはそれに耳を貸さず、士気高揚のため贋《にせ》の戦勝祝としてバッカスの踊りを催す。だが民衆の目をくらますための祝祭の真相は盲目の予見者(予言者ではなく未来を予見する人)テイレシアスによって暴露される。結局アルゴス人民の抵抗によってテーバイ侵略軍は潰滅し、クレオンの息子メガレウスの死も明らかになり、最後の息子ハイモンもアンティゴネの後を追って死ぬ。クレオンの命運もつきたようである。

この劇の合唱団《コロス》はテーバイの長老たちであるが、ブレヒトはコロスに日和見的な態度をとらせることによって間接の加担者としての役割も与えている。ブレヒトの作品にはローマ史に取材したものは多いが、ギリシア劇を素材としたものはこれだけである。本来客観的な立場に立つといわれるコロスを、ブレヒトの叙事演劇のなかでどう位置づけるかという問題は、シラーが「メッシナの花嫁」で近代劇にコロスをどう適用したかと比較してみても興味があるだろう。

反響は少なかったが、この試みはヴァイゲルにとって、今後の舞台活動の準備として大いに意義のある仕事だった。

チューリヒの劇場では、ブレヒトは同年の七月に「プンティラ」を覆面演出しているが（労働ヴィザのないため）、この上演で闇屋のエンマを演じたテレーゼ＝ギーゼはブレヒト好みの女優であり、彼女がここで主演したゴーリキーの「ヴァッサ＝ジェレスノワ」を後に東ベルリンの自分の劇団で主演させている。彼女はまたヴァイゲルとは違ったタイプの「肝っ玉」を造形することができた。ブレヒトは彼女の演じたエンマのために「スモモの歌」を書き、手製のシガレットーケースを彼女に贈った。

この間ブレヒトは、第二次大戦後の政治状況を盛り込んだ「アレスの戦車」を構想したり、作曲家フォン＝アイネムの持ってきたザルツブルク演劇祭《フェスティヴァル》の演出の話のため、新しい「死神の舞踏」

（本来は中世道徳劇で、ザルツブルクで常に上演されるしきたりのホーフマンスタール作「エヴリマン」もこの系列に属する）の案を練った。

ベルリンへ

四八年一〇月にブレヒトはベルリン行きを決意した。しかし四月からソ連のベルリン封鎖が始まっていたので、アメリカ軍占領区からベルリンに入る旅券はとれなかった。そこでザルツブルクに寄って演劇祭の可能性を検討し、チェコ経由でソ連占領区のドイツに入った。国境で自動車の迎えをうけ、ベルリンの郊外につくと作家のレンが出迎えにきていた。文化人同盟のクラブでは、旧知のベッヒァー、イェーリング、ドードウなどからスイスでは遭わなかった暖かい歓迎をうけた。翌日は、後に彼の劇団設立についてイェーリングとともに強力に支持してくれた占領軍文化担当官ディムシッツやドイツ座の総監督ラングホフとも会見した。しかし最初に観劇したハンガリーの作家ハーイの「所有」にはひどく失望した。そこに社会主義リアリズム路線の教条的な臭いを嗅《か》ぎとったからである。しかしブレヒトは一方では、社会主義的なドイツ国はソ連占領区においてしか生まれないだろうと考えていた。彼は「命令された社会主義でもないよりまし」という立場の人が少ないことを指摘し、ドイツの労働者がプロレタリア独裁より民主主義の名をかりた独裁に傾き易いことに失望しながら、ここから全ドイツに真の社会主義を拡げてゆこうと考えたのである。ドイツはまだ四国占領管理下にあって主権をもたず、東西ドイツ分裂以前の

「肝っ玉おっ母とその子供たち」舞台スケッチ　肝っ玉を演ずるヴァイゲル

時点であった。

一二月にブレヒトは、ラングホフの監督するドイツ座を借りて「肝っ玉」の稽古にかかった。この制作集団を将来新しい劇団に発展させる意図で、まず共同演出者としてミュンヘンからエンゲルを招き、多くの亡命舞台人を集めるように努力した。

稽古では作品の叙事化という方法に力を注ぎ、独立した各場の有機的なつながり、ストーリーの転廻点の明確化を重視した。四九年一月一一日の「肝っ玉」の初日は、ブレヒトの叙事演劇が初めて戦後の舞台に登場した日として歴史的な意味をもつといっても過言ではない。この成功によって、劇団を結成する基盤もできあがった。しかし教条路線を代表する劇評家エルペンベックや劇作家ヴォルフからは攻撃の矢が放たれた。ヴォルフは劇中の肝っ玉が最後まで目ざめないのは作品の弱点だと指摘した。教条路線では観客に教訓を与えうるような肯定的英雄が要求されるからである。ブレヒトはこれに対して、観客は学ばない作中人物から学ぶことができるのだと反論した。後の流行語を使うなら、ブレヒトの作中人物は反面教師的な役割をもつ訳である。

パリ　コミューンと戦　後

好評の「肝っ玉」を続演中のヴァイゲルを残して、ブレヒトは二月末に再び観測地チューリヒに赴いた。戦時中は一流の亡命俳優と斬新な演目を誇ったこの町も今や水準が落ち、ベルリンと較べてひどく退屈だった。ブレヒトはルートと会ってパリーコミューンを主題にした新作の構想を練り始めた。反ファシズムの闘士として死んだノルウェーの作家グリークのコミューン劇「敗北」が参考になったが、コミューンの闘士たちがあまりに高潔で英雄的に書かれており、また戦後の状況に対応する視角にも欠けていた。今必要なのは、与えられた変革を受けいれているだけのドイツ人を革命的に行動させることだった。ブレヒトの「コミューンの日々」は、七三日間で潰滅する歴史的なパリーコミューンを支えてきたさまざまの人々を、理想も矛盾もひっくるめた形で示したラディカルな劇である。この頃彼は、ビューヒナーの革命劇「ダントンの死」について、ダントンに対するテロリズムは必然の処置だったという思い切った評価を下しているが、コミューンも、単純なヒューマニズムの立場からテロや暴力を否定することでは解決できない状況にあったとみるのである。パリーコミューンはその錯誤や誤謬も含めて偉大なのだ。初期にヴェルサイユに進撃して反動政権の巣窟を瓦壊《がかい》させる決断が下せなかったことが結局は破局の原因となった。コミューンの母胎は国民軍の中央委員会である。ブレヒトは、革命権力である中央委員会があまりにも早く選挙による人民政府（コミューン議会）に政治権力を譲渡したことを真のプロレタリア独裁に達しなかった原因とみている。ベルリン封鎖後ますます深まってゆく冷戦の状況のなかで、ブレヒトは西側資本主義諸国の動向に脅威を感じていた。五月に封鎖は解除になったが米英仏占領地区にはアーデナウアーを首相としてドイツ連邦共和国（西独）が成立した。この状況でブレヒトは、選挙による人民政府よりも革命権力的なものが必要だと言いたかったのかもしれない。その意味ではこの作品は、やがて成立するドイツ民主共和国（東独）でも過激すぎる作品だったのだ。

ザルツブルク演劇祭のプランも続けられており、バーゼルの謝肉祭で見た仮面に強い印象を受けたブレヒトは「バーゼルの死神」という劇を着想し、ザルツブルクの死神の舞踊の劇の構想を拡大した。亡命以来無国籍のままだったブレヒトは、ザルツブルク上演の依頼者フォン＝アイネムに、オーストリア国籍取得の可能性を打診している。ベルリンに帰るヴィザさえなかなか下りないという現在の状況や、ドイツ語圏の各地で演劇活動の行える自由のためには、オーストリアのパスをもつことが得策だった。この申請の許可は翌年おりたが、ザルツブルクの計画は妨害が入って実現しなかった。実現していたらこのフェスティヴァルのイメージも変わっていただろう。

「**プンティラ**」　プンティラ（シュテッケル）とマッティ（ゲショネク）　ベルリーナー＝アンサンブル

ベルリーナー＝アンサンブル設立とドイツの分裂　ベルリンでは、ヴァイゲルが文字通り東奔西走して遂に新しい劇団結成の許可をとりつけたので、ブレヒトは五月半ばベルリンに帰ってメンバーの編成に着手した。チューリヒにいた女優ギーゼやレギーネ＝ルッツ、俳優兼演出家のシュテッケルやベッソンにも参加を要請した。「コミューンの日々」のような尖鋭な叙事劇で出発したかったが、まだ観客が熟していないことを考慮にいれて、チューリヒで成功した「プンティラ」を選び、八月の末にミュンヘンとザルツブルクで別の仕事の可能性を検討したあと、九月からベルリンで稽古を開始した。一一月の初演は、ベルリーナー＝アンサンブル（以後略してBE）の開幕を飾るにふさわしい成功で、古い階級社会と「快活に」別れを告げる狙いも生かされていた。初演ではチューリヒと同じシュテッケルが肥大漢の旦那を演じたが、後には小柄だが軽妙なクルト＝ボワが入婿した男という設定のプンティラを演じ、ブレヒト作品の多面的な可能性を示した。

BEの設立はドイツ民主共和国（DDR、東独）の誕生とほぼ同じ時期である。米英仏占領区では五月にドイツ連邦共和国（BRD、西独）基本法が認可され、八月の総選挙の結果、九月にわずか一票の過半数で分離主義者アーデナウアーが首相となり強力に西側依存の政策を遂行し始めた。一〇月にはソ連占領区がドイツ民主共和国の設立を宣言し、SED（統一社会党）のピークが初代大統領に、グローテヴォールが首相に就任し、冷戦を反映したドイツの分裂は決定的になった。

ブレヒトは「コイナさん談義」のなかで、A市とB市から誘いをうけたコイナさんが、彼の役には立つが彼に書斎人であってくれと望むA市よりも、彼を必要とし、彼に台所で働いてくれと望むB市の方を選んだという寓話を書いている。ブレヒトは西独におけるファシズムの再来に真剣な危惧を抱き、反戦キャンペーンを行って、ドイツにおける社会主義国家の建設に力を貸したいと思った。ブレヒトが好条件の演劇活動の場を与えられたために東独を選んだというのは誤解で、劇場を与えられたのは後のヴァイゲルの奔走によるものであり、選択はそれ以前の事であった。

喜劇「家庭教師」

「プンティラ」でスタートしたBEは、次にギーゼを招いて「ヴァッサ＝ジェレスノワ」（フィアテル演出）を上演したが、ブレヒト自身は次の仕事として疾風怒濤《シュトウルム・ウント・ドラング》時代の忘れられた作家レンツ（一七五一―九二）の喜劇「家庭教師」のアレンジに着手した。他の疾風怒濤の作家たちと同じように、フランス古典劇の三統一の法則を退け、シェイクスピアの天才的な作劇法に心酔したレンツは、多場面のダイナミックな構成で、この喜劇のなかに一八世紀の暗い社会状況をヴィヴィッドに描き出している。

牧師の息子に生まれ、大学教育をうけたロイファーは、当時の多くの知識人がそうだったように、貴族の家庭の家庭教師として糊口《ここう》を凌《しの》ぐ道しかない。彼はケーニヒスベルクの土地貴族《ユンカー》ベルク少佐の令嬢グストヘンを教えることになった。彼女は従兄弟のフリッツと恋仲だが、彼の父の顧問官は啓蒙的な風潮に従って息子をハレの大学に遊学させる。従兄弟のいない淋しさからグストヘンはロイファーと関係を持ち、そのためにロイファーは貴族の家を追われ、村の牧師兼分教場教師ウェンツェスラウスにかくまわれる。グストヘンは家出して彼の子を生む。ロイファーは、今度は教師の養女リーゼを愛するようになり、敬虔派風の罪悪感にとらわれた彼は色欲を絶つため去勢し、牧師を感心させる。ところが結局は、リーゼと肉体関係なしの結婚を願うようになり、牧師を失望させる。一方大学で無軌道な生活を送ってきたフリッツは、精神的に成長し、帰郷してグストヘンと結婚し、罪の子をひきとる。顧問官のコメントによれば、この事件は「私的教育（貴族階級で行われる家庭教師による教育）の弊害」なのだ。作者はここで公民教育を推進すべきだという立場をとっているのである。

ブレヒトはこの教訓を全く現代風に読み変える。ドイツの悲惨の原因の一端が、誤った教育制度にあると考える彼は、建設途上の新国家の教育案を考える立場から、この喜劇のなかにドイツの不自然な教育の原型をみるのである。原作では肯定的に描かれている顧問官もウェンツェスラウスも否定的な教育者の役割を与えられ、原作では宗教的なロイファーの去勢は、自分のバックボーンを折り、順応することによってはじめて教育者の資格を手に入れるドイツの教師の原型《プロトタイプ》になった。原作では奔放な大学生活を活写するために挿入されているハレの大学生活の場では、ペートゥスという大学生は、教職にありつくために自分の信奉する学説を否認する。

帰国したブレヒトを驚かしたのは、廃墟ではなく、廃墟のような人間たちであった。特に知識人や学生たちが、相変らず「偉大な指標」を求める傾向をもっていることに気づいた。肯定的ヒーローを求める社会主義リアリズムはその意味でも危険だった。この喜劇には、戯画化された人物に対置される肯定的人物はひとりも登場しない。観客が「ゆがんだ思考法の支配する非人間的状態に対して」怒りを覚えることが必要だからである。こういう中心テーマのほかに、この上演では詩的な表現や技芸の追求も行われ、かつてクレオンを演じたガウグラーが、興味あるロイファー像を作りあげた（「家庭教師」については本シリーズ15『カント』参照）。

「母」の上演と喜劇「海狸の外套」

五〇年にはミュンヘンでギーゼ主演の「肝っ玉」を演出したので、新作は「家庭教師」だけだったが、五一年の演目として「母《おふくろ》」の稽古を開始し、またギーゼ主演によるハウプトマンの喜劇「海狸《ビーバー》の外套」の改作にかかる。「肝っ玉」は西独における最初のブレヒトの仕事として大いに注目された。ルートがベルリンの上演写真を編集して作った「モデルブック」が大いに役立った。ギーゼの肝っ玉はヴァイゲルのとはかなり違いながら、基本構想においては西独の誤った上演法を修正し、ブレヒト的な方法を示す意義があった。

五一年初頭に上演された「母《おふくろ》」は、亡命前に非公開で行われた上演やアメリカでの誤った上演を考えれば、今度こそはじめて意図通りに舞台にのったわけである。

喜劇「海狸の外套」はハウプトマンの作品では最も息の長い喜劇である。泡沫会社設立時代《グリュンダーツァイト》のドイツを背景に、社会主義者の取締りに狂奔するプロシアの警察署長（行政官）の愚かさのために、そこの洗濯女として働くしっかり者で狡猾な船大工のおかみヴォルフがまんまと窃盗に成功する話である。この作品には続篇ともいうべき「赤い牡鶏」（放火）がある。巧みに立ち廻って成り上ったヴォルフのおかみは、今度は火災保険詐欺を企み、これにも成功する。しかし罪は白痴の少年に転稼されるから犯罪は前より悪質である。署長は相変わらず彼女を疑わないが、近所の人々は彼女を白眼視し、良心の呵責《かしゃく》に耐えられなくなったおかみは新居の棟上式の日に発作で死んでしまう。

これが失敗作といわれるのは、喜劇とはいえぬ暗さをもつからである。ブレヒトはギーゼの提案に従って二つの作品を一晩ものに圧縮した。おかみは「肝っ玉」同様否定的形象に変えられた。成り上りたいという彼女の願望は、帝国主義の道をあらわにしたプロイセンの歩みを反映している。彼女も「肝っ玉」と同じく、お偉方の真似をして自分のささやかな分前を要求する庶民なのだ。署長は「放火」では明らかに彼女の共犯者である。原作では放火の濡れ衣を着せられる白痴の少年は憲兵の息子だが、ブレヒトはそれを社民党員《アカ》の息子にしている。署長は国策協力者の彼女の罪を知っていながら目をつぶる。彼女を心臓発作の死に追いこむのは良心の呵責だけではなく、彼女と同じ階級の隣人たちの敵意なのである。

上演記録「演劇の仕事」

BEの発足から五一年までの六つの精密な上演記録は、「演劇の仕事《テアーターアルバイト》」という本にまとめられている。この時期の仕事はパイオニア的なものであるために誤解もされ、また党路線との多少の摩擦はあるけれども、概して公式にも歓迎され支持されていた。だが五一年には東独の経済状況が悪化し、それとともに政治的にも不快な季節になった。ソヴィエト風の粛清が行われ、芸術の分野でも「形式主義」という烙印をおされることは致命傷を意味するようになった。しかし、真に左翼的な芸術家にとっては、朝鮮戦争を遂行している帝国主義的なアメリカや、その庇護下に再軍備を決定しNATO軍の傘下《さんか》に入った西独に、芸術的な自由を求めて移住することは考えにくいことであった。

ブレヒトは、積極的に平和運動をアピールし、西独の作家芸術家に戦争の危険とドイツ統一を訴える公開状を発したが、西側ではほとんど無視された。「偉大なカルタゴは三度戦争を行った。一度目の後はまだ強国であり、二度目の後はまだ人が住めたが三度目には地図の上から消えてしまった」という句はこの公開状に載ったものである（五一年九月）。

作曲が形式主義的すぎると攻撃されることを恐れているデッサウに、あえてオペラ「ルクルスの審問」（133ページ）の上演の実現（五一年）を急がせたのも「アメリカの脅威が強くなっている状況」を考えてのことであった。ところがこの作品は反戦的すぎて祖国防衛戦争まで否定していると非難され上演を禁止されたので防衛戦争を肯定するセリフを二、三書き加え、題名を「ルクルスの断罪」と改めた。これは迎合ではなく、この状況で反戦を訴えることが重要と考えたからであるが、それでも再演は彼の死後になった。

シェイクスピアは変えられるか

この年ブレヒトは、シェイクスピアの「コリオレーナス」（コリオラン）の改作を検討し始めた。このローマの武将は勇敢であるが気位が高く、民衆を衆愚と見做《な》して軽蔑するため、護民官の策略でローマを追放され、忘恩のローマに復讐するために、好敵手だった敵将オーフィーディアスと結んで遂にローマに進撃する。しかし母の懇願によってローマ攻撃を中止し、結局は彼の人気を妬《ねた》んだオーフィーディアスに暗殺される。もしこれを孤高の英雄の劇とするならば、およそブレヒト的ではない作品で、原作の護民官は卑劣で臆病な策士のように描かれている。この作品をブレヒトは、個人英雄というものは共同体にとっては危険だという立場から改作した。二人の護民官は明確な意識をもった人物に変えられ、コリオランがローマに進撃してきてもうろたえずに、平民・貴族が協力して共同体の敵コリオランに当たることを貴族に説得する。コリオランがローマ攻撃を強行しても、ローマは防衛が可能な体勢にあり、コリオランの母もそのことを知って息子を説得するのである(シェイクスピア改作についてはなお217ページ参照)。

この「コリオラン」改作案は、実現しなかった現代劇と関連をもっている。ソ連にはスタハノフ運動の名でよばれる労働英雄顕彰制度があるが、東独でも生産ノルマを高めた労働者に英雄の称号が与えられた。環状炉の改良によって生産を飛躍的に高めた労働者ハンス＝ガルベもその一人だった。ブレヒトは彼に興味をもち、彼と対談してそれを協力者ケーテ＝リューリケに記録させた。ここには深刻な現場の問題が潜んでいる。ノルマをあげ、報償金をうけた労働英雄は、過重なノルマに苦しむ同僚からみると、浮きあがった存在で、ノルマ引き上げの原因を作り、仲間の連帯を妨げる面ももつ。ブレヒトはこの作品を、未完に終わった「ファッツァー」のスタイルで書こうとしたといわれる。この劇は第一次大戦中の四人の脱走兵のなかで、エゴイストだが生活力のあるファッツァーが、戦争が終わるまで潜伏していなければならぬ仲間の掟を乱し、粛清される話で、「処置」に似た点もある。労働者が歴史の客体から主体になる時期に、一切がどう変わるかという階級的視角からガルベのテーマを扱うというこの意図は、「ビュッシング」というタイトルだけで、計画のまま終わった。劇作家ハイナー＝ミュラーが五八年に発表した「賃金を抑える者」は同じテーマを発展させたものだが、発表した時点では上演が禁止された。エスリンなどはブレヒトが迎合的な労働英雄礼讃劇を書こうとしたと言っているが、実はこのテーマは現在の生産の矛盾を思いきって描く非迎合的プロジェクトだったのである。

カンタータ「ヘルンブルク報告」　同じ年にブレヒトは、「ヘルンブルク報告」というカンタータを書いている。これはベルリンの自由ドイツ青年団（FDJ）の催した統一ドイツ会議に参加した西側の数千の青年が、西独に帰るときヘルンブルクで西側の警察にチェックされた事件を扱ったもので（デッサウ作曲）、青年友好祭の上演用作品として依頼されたものだ。エスリンは、この「迎合的」作品はブレヒト作品とは思えぬ安手の「煽動劇」で、ブレヒトがこの年一等国民文学賞を与えられたのはこのカンタータの報償だと邪推しているがこれは必ずしも正しくない。台本も作曲も演出（エゴン＝モンク）も、依頼者を満足させず、デッサウが直接最上層に工作して、ピークやグローテヴォール列席のもとに一回だけ上演されたが、友好祭での上演は見送りになっているからである。

台本は強制チェックに抗議した三人の少女の手記に基づいて書かれているが、ドキュメントをことさら素朴な調子で皮肉な距離をもちながら歌いあげたものである。カンタータとはいうが、ご存じ重厚なドイツ男性合唱団むきの作品ではなく、軽薄なジャズ風楽器が使われており、「芸術的」（ドイツ的）なアジテーション劇ではなく（依頼者はそれを望んだ）様式は俗悪、形式主義と非難されそうなものであり、政治的にはアクが強いほど過激だった。たとえば、西独の青年たちは、西側

（シュレスウィヒ－ホルスタイン州）の警察に抗議していう。「横木や柵なんて何の目的だ?・見ろ、僕たちはそんなものを踊りながら乗り越えていくぞ！」お月様も笑って警官を眺めている。ここでは別のドイツ（東独）は警官もおらず抑圧もない国として描かれている。このようなインターナショナリズムは、返す刀で東独のナショナリズムに対する警告にもなりうるのだ。五二年初頭には東独にはソ連の武器を貸与された「民衆警察」の軍隊化が始まっている。この辺のことも上演がむずかしかった理由になるだろう。もちろん西独首相アーデナウアーや社民党のシューマッハーに対する諷刺は直接的である。一〇の詩からなるこのカンタータには子供の詩のような素朴な押韻がしてあり、「子供たちの願い」という節などは、ブレヒトの反戦姿勢とナショナリズムへの嫌悪が伝わってくる。前述した「ルクルス」オペラの問題はこれと全く同質のものであり、ブレヒトは決して御用作家になったことはなかった。

古典の改作と形式主義論争

五二年にはBEでは、ギーゼがクライストの「こわれがめ」を、モンクが「ウルファウスト」を演出したが、この古典の新しい受容の姿勢にもブレヒトの考え方が反映している。古典に萎縮《いしゅく》せずそれを批判的に扱うというこの方法論は、現代の古典受容の先駆とも見做されるものだが、当時の学校教師的な党の文化官僚からは古典遺産を冒瀆《ぼうとく》する仕事としてヒステリカルな攻撃を浴びた。「こわれがめ」の場合はリアルな韻律への興味もあったが、ドイツ

「セチュアンの善人」　シェン＝テ（ケーテ＝ライヒェル）と水売りワン

的隷属性と司法の二枚舌を浮きあがらせることが主眼とされ、「ウルファウスト」では教養的なイメージを取り去り、素朴な民衆本の世界に近づけようとした。ブレヒトは「母《おふくろ》」の上演の際にかつてマルガレーテの演じた女中役で登場したケーテ＝ライヒェルと親密な関係になっており、彼女に俳優十則を書き与えたほどであったが、そのライヒェルが破瓜《はか》期のグレートヒェンを演じ、学者ファウストは悪魔と契約したおかげでやっと思春期の娘を誘惑できる寄食者的人物として描き出された。このファウストも「ドイツ的悲惨《みじめさ》」の一例であり、アウエルバハの酒蔵の大学生の描写にもそれがよく現れている。

ブレヒトが「ファウスト」をガリレイに似た人物像として捉えようとしていたことは、作曲家アイスラーが自作オペラの台本として書いた「ヨハネス＝ファウストの生涯」をめぐる論争でとった姿勢にもあらわれている。アイスラーは、科学者として異教的という烙印を押される危険にもめげず、好奇心から科学を探究してゆく進歩的な立場にありながら、農民戦争に示された革命的な力に背をむけ、自分の出身階級を裏切り、科学の象牙の塔に逃げこむ矛盾したファウストを描こうとした。この着想と「ガリレイ」の共通性については言うまでもなかろう。ブレヒトは五二／五三年度にこのオペラが実現するように積極的に支援したが、反対の声は根強かった。五〇年に統一社会党の書記長に就任し、すでに実権を握っていたヴァルター＝ウルブリヒトは「偉大なドイツの詩人ゲーテの重要な作品を形式主義的に歪曲し、……偉大な理念を戯画化するようなこと」を党の名において許さなかった。BEの「ウルファウスト」もこの非難のなかに含まれていたのである。そこでアイスラーは作曲の意欲を失い、オーストリアに去った。作曲なしで残された台本は、七〇年代になってチュービンゲンで戯曲として上演され、その真価が認められた。

五二年にはBEは「カラールのおかみさんの鉄砲」（ヴァイゲル主演）、ゼーガースのラジオードラマをブレヒトが脚色した「ルーアンのジャンヌ＝ダルク裁判」（ベッソン演出、ライヒェル主演）、それに労働者演劇出身の名優エルンスト＝ブッシュの演出したポゴーヂンの「クレムリンの鐘」を上演している。最後の作品は社会主義リアリズムへのアプローチという課題のもとに上演されたが、レーニンやスターリンが実名で登場するこの作品はBEの演目のなかではやや奇異である。「ジャンヌ劇」は愛国主義的なジャンヌ像に修正を加え、彼女の破滅を民衆への信頼の不足から捉えたもので、ドイツの分裂とアメリカ帝国主義に対する警告というアクチュアルな主題がはっきり透けてみえる改作だった。

ブコウの仕事場で

生産的なBE活動が多忙になるにつれて自己自身の思索や創作のための余暇をつくり、衰えてきた健康にも休息を与える必要がでてきた。これまでもブレヒトは、東海岸のアーレンスフーペを静養地としてそこで若い弟子たちと仕事の計画を練ることがあったが、五二年の夏に、ベルリンからさほど遠くないシェルミュッツェル湖畔ブコウに庭つきの別荘を手に入れた。「辺境《マルク》のスイス」と呼ばれるこのあたりの風光は、ナチスに追われる以前にもっていたバイエルン、アマー湖畔の別荘のたたずまいと似通っていた。ベルリンから車で一時間ほどのところなので、ブレヒトは可能なかぎりこの仕事場で過ごすようにした。もちろん客を招いたり、上演の打ち合わせに使うこともあったが、原則としてはここは彼が外界と絶縁して創作にいそしむ場所であった。家の扉にはその原則を書いた板が貼ってあったが「原則というものは時には破らないと長もちしないものですが」という句がそえられていたのはブレヒトらしい。ここで生まれた「ブコウ悲歌」は晩年の代表的な作品に数えられるだろう。詩人の折々の感懐を託した詩というと、情緒的なものを連想するが、この詩は最大限の簡潔さのなかに、思想詩ともいえる含蓄を湛《たた》えたものである。

　湖畔の木々の下の小さい家／屋根から煙がたちのぼっている／この煙がなかったら／家も木々も湖も／なんと侘しいものになるだろう

「この煙がなかったら」という仮定が加えられなければ、月並な自然描写の詩だ。「プンティラ」

がハテルマ山に（想像で）登った時、自分の製材所を自讃しながら、あれが自然に活気を与えている、という言葉を洩らす。ブレヒトの場合、人間の営みのない自然はゼロなのである。

僕は道傍《みちばた》にしゃがんでいる／運転手がタイヤを交換している／僕は僕の出てきたところを好まない／僕は僕の行先を好まない／なぜ僕はタイヤの交換をいらいらしながら見ているのだろう

出てきたところとは出生の市民階級であり、過去のアウグスブルクに引き返そうとは思わない。未来は終点としてではなく、見通しとしてのみブレヒトの興味をひく、彼にとって重要なのは現在である。だが過去から未来へのタイヤ交換を見ていて苛立つのは、それが見通しもなく行われているからである。さりげない感懐のようだが、人民のための国家への歩みが、歴史的な発展過程として期待通り行われないことへの苛立ちが伝わってくるのである。

アクチュアルな社会問題を

この詩の生まれる前にブレヒトはDDRにおける変革を促進させうるような現代劇を求め、農村出身の若い作家エルヴィン＝シュトリットマターの「カッツグラーベン」に注目した。ザクセンの辺鄙《び》な農村カッツグラーベンを舞台に、現在そこで進行中の農地改革をテーマにしたこの劇は、「傾向劇」としてではなく「歴史的喜劇」として価値がある。現代のリアルな問題が抑揚格《ヤンブス》詩型で書かれていることも文体的に興味ある実験である。作品の主題はやや公式的で、五二年に党大会で決定された農地改革、農業生産組合の設立に対する保守的な大農の妨害を描いている。DDRにおける当面の問題をテーマにするという文化路線に応じた妥協的な仕事という見方もあるが、ブレヒトはアクチュアルな社会問題を彼流の戯曲の技法に適応することを考えており、自らラウジッツ地方に赴いて農民とじかに接触し、BE用の台本を作成した。稽古の過程はリューリケによって記録され、膨大な「カッツグラーベン－ノート」となって残されている。この仕事は今後のBEにおける東独の現代作家の上演という方向に指針を与えたものであり、ブレヒトの死後もバイエルの「フリンツのおかみ」やミュラー、ブラウンなどの上演の形で継承されている。

この頃ブレヒトは、「叙事演劇」という概念が美学的形式的な面だけで捉えられる傾向を遺憾に思い、このジャンルは社会的なカテゴリーに入るものであることを明確にするために、以後自分の演劇を「弁証法の演劇」と呼ぶことを提案した。ブレヒトの演劇は観客に認識させるだけで、劇の世界にはひきこまない、という非難もブレヒトには不可解なことであった。彼からみれば認識行為こそ劇中の事件に興味をもって参加することだったのだから。「カッツグラーベン」では、叙事演劇が真のリアリズムを基調にしていること、真の現実描写こそ現実の異化に役立つことを示そうとした。たしかに農民の美化しないリアルな造形は観客を現実の変革過程にひきこむ力があり、ブレヒトのリアリストとしての力量を示している。しかし一方でブレヒトは「ビュッシング」（前述）を教育劇様式で書く案も進めており、彼の希求する演劇の形に一番近いのは依然として「処置」の形式だったようだ。

五三年四月に芸術院の主催で行われた「スタニスラフスキー討論」は、社会主義リアリズムの演技造形方法として正統化されているスタニスラフスキー体系の討論という形で、ブレヒトやBEの方向に批判を加えようとするものであった。劇評家エルペンベック、劇作家ハウザー、演出家ラングホフなどが、ブレヒトの〈役を示す〉演劇とスタニスラフスキーの〈役に生きる〉演劇とは区別があることを明らかにした。ブレヒトはスタニスラフスキーの文献を再び検討し、たとえば〈超課題〉のようにこの体系からも学べる点をいくつか挙げている。だが作者の立場では、役者が完全な感情移入によって役になる能力も必要ではあるが、何より必要なのは社会の成員としての俳優が役を扱う時にもたねばならぬ役との距離である、と言っている。

BEの仕事は国際的には注目を浴びながらDDRでは黙殺されるという時期もあったが、五二年のポーランド客演や五五年のパリ客演における輝かしい成功や、スターリン死後の雪どけ状況なども反映して、徐々に公的な評価を受けるようになってきた。

ベルリン暴動に直面して

五三年六月一七日に起こった暴動事件はソ連の衛星国家に対する軍事介入の最初のパターンとなった。もともとは農業地帯であったDDRの産業構造を重工業的なものに変えてゆく過程には、多くの困難が生まれたが、それはノルマの引き上げという形で労働者の生活を苦しくした。三月のスターリンの死によって自由化の前兆があらわれると、労働者の生活水準の向上についても多少の考慮が払われだした矢先に、労働者の不満が高まって各地に自発的なストライキやデモが発生したのである。まだ東西ベルリンの交通は自由な時期だったから、DDR内の自然発生的デモを、西側から反共的性格なものに変えるような煽動が行われたこともあっただろう。DDRの政権はこの状況に対してなすすべを知らず、ソ連軍の介入を要請し、鎮圧のため戦車が出動した。ブレヒトは一六日の夜、ブコウからベルリンに来てBEの緊急会議に出席した。彼はDDRの政策が、民衆との話し合いなしに行われたという欠陥は認めながら、一方では西ベルリンから明らかにファシスト的にみえる分子がデモに流入してくるのを確認し、このような挑発にははっきり警告する必要を感じて、党第一書記ウルブリヒト、首相グローテヴォール、ソ連高等弁務官セミョーノフに次のような書簡を送った。

「歴史はドイツ統一社会党《エスーエーーデー》の革命的な性急さに敬意を払うでしょう。今後社会主義的建設のテンポに関する大衆との大きな討論を行ってゆけば、社会主義的な成果が検討され確保されることになるでしょう。この瞬間私は貴下に、ドイツ統一社会（主義）党との固いきずなを表明する必要を覚えます」

このメッセージは、前述したブレヒトのふたつの立場が表明されているが、六月二一日付の党機関紙「新ドイツ《ノイエスードイチュラント》」は「この瞬間」以下の文章だけを発表したために、西側からはブレヒトが党の行動を全面肯定したと受けとられ、ヒステリックな攻撃を加えられることになった。ブレヒトは二三日付の同紙に、労働者の正統な要求には耳を傾け、挑発者とは区別する要望を補足として掲載させたが、それでもブレヒトが党に無批判に屈従したという西側の誤解は解けず、以後しばらく西独の劇場でブレヒトをボイコットする時期が続いた。この誤解は彼にとって不本意なものであったが、それでも彼はこの不快な事件が、党に大衆との話し合いの機会を与えるようになれば「一概に否定的にみることはない」と考えた。最もペシミスティックな状況であるからこそ、逆に好転が期待できると考えるのは、ブレヒトの身についた反応である。事実この事件を境として、文化路線の硬直した姿勢が弱まり、オープンな討論への道が開けた。八月には「新ドイツ」紙に、表面だけ取り繕《つくろ》った美化を芸術からも政治からも追放すべきだというブレヒトの批判が載った。一方、DDRにおける芸術の偏狭性との戦いが西側に政治的に利用されることは彼の最も警戒したことであり、「そんなつもりはなかった」という詩は、西側の見当外れの評価に一矢を報いたものである。だが「ブコウ悲歌」に収められた「解決」という詩は、国内の政権と民衆の乖離《かいり》を鋭く衝く。

　六月一七日の暴動のあと／作家協会書記は／スターリン通りでビラを配らせた／それには、国民は政権の信頼を失った／その信頼をとり戻すには／二倍の仕事をしなければいけないと／書いてあった。それならいっそ／政権が国民を解散して／他の国民を選んだほうが簡単ではないか？

最後の戯曲「トゥランドット姫」

これとほとんど同じ句は、ブレヒト最後の戯曲となった「トゥランドット、一名三百代言たちの会議」にもみられる。ブレヒトはゴッツイやシラーの劇、プッチーニのオペラで有名な、中国の気位の高い姫君を主人公にしたこの童話風の劇を改作することを以前から考えていたが、五四年初夏に初稿を脱稿した。副題の「三百代言《ヴァイスヴェッシャー》」の原句は黒を白と言いくるめる人という程の意味であり、御用学者つまりトゥイをさしている。この中国では皇帝が木綿の専売によって利益を得ているが、財政窮乏を救うために木綿を隠匿して価格をつりあげる。そのために国内が不穏になるので、皇帝は学者会議を招集し、木綿がなくなった原因を討議させ、解答者には王女を与えると約束する。原作では、賢明で誇り高い姫君が謎を出し、答えられぬ求婚者の首をはねるのだが、ブレヒトの姫君は蓮っ葉女で知識人に色情を感じるような女である。この場合、木綿を隠匿している張本人が木綿の消えた原因を討議させるのだから、学者たちは初めから事実隠蔽《いんぺい》のための嘘を考えだすことを強いられているのである。

　ブレヒトがアメリカでフランクフルト派の社会学者たちをトゥイのモデルとしたことは前に述べた。そもそもこの社会学研究所は、ユダヤ人の大富豪ヴァイルがパトロンとして資金を出し、社会学者の研究を援助したのであるが、社会の悲惨や困窮の原因を遡ってみれば、結局はそのパトロン氏がその元凶であることがわかるのである。ブレヒトがマルクス主義的な学者であるホルクハイマーやアドルノなどを軽蔑していたのは、彼らの研究の経済的基盤そのものが疑わしいからであった。

しかし学者の世界からは追放されたが、真の変革に向かうようになった人物もいる。この劇には登場しない元学者のカイホーは革命的な思想を生みだし、人民を蜂起させる。皇帝は藁《わら》を摑むような気持で、ゴーゲー＝ゴーグに全権を委任する。この男は学者になる金を手に入れるためにギャングになったが試験に及第せず、学者を恨むようになる。気まぐれの姫君がその野性的魅力に惹かれたために登用された彼は、左翼と学者を弾圧し、木綿倉庫を焼打ちし、それを左翼になすりつけることで木綿不足の原因をうやむやにしてしまう（国会放火事件のパロディ）。しかしゴーゲー＝ゴーグが強引にトゥランドットと結婚しようとする時にカイホーの革命軍が首都を解放する。

この作品は初稿のままなので上演には推敲《すいこう》が必要である。非米活動委員会を思わせるセリフや、DDRの芸術論争、社共の不統一などへの皮肉にはアクチュアリティがある。ブレヒトは、この頃毛沢東の『矛盾論』に非常に啓発されるところがあり、学問を志した老人ゼンが最後に帰依しようと決めるカイホーの思想には、毛沢東のイメージがだぶってくる。この作品は、六七年になってようやくベッソンの演出でチューリヒで初演され、その後BEの舞台にもかかった。

ベルリーナー－アンサンブル
1978年、ブレヒト生誕80年祭

新しい劇場

一九五四年の初頭、ＢＥはようやくドイツ座の庇《ひさし》を借りる肩身の狭い身分から解放され自分自身の劇場を持てるようになった。かつて「三文オペラ」の初演されたシッフバウアーダム劇場である。ヴィルヘルム時代に建てられた金ピカの装飾をもつこの客席八〇〇の桟敷《ロージェ》劇場は、内装はひどく古めかしいが舞台の機構は完備していた。三月一九日ベッソン演出の「ドン＝ジュアン」によってＢＥの新しいエポックが始まった。ブレヒトの改作ではドン＝ジュアンが誘惑に成功するのは、地位を利用する破廉恥ぶりと、衣裳・財産・名声の力に過ぎないことが強調された。

劇場から目と鼻の先にあるショセー街の新居を手に入れたブレヒトは、最上の条件で「コーカサス」の稽古に臨んだ。今度は八カ月に及ぶ細心の稽古によって満足のゆくまで作品の可能性を検討することができた。装置家としてフォン＝アッペンが、作品のイデーを具象化する斬新な仕事で注目された。特に、支配階級の硬直した非人間性を示す仮面はみごとであった。相変らず形式化、抽象化の傾向を警告する偏狭《へんきょう》な批評はあったが、上演の成果はその声を沈黙させてしまうほど圧倒的であった。グルシェを演じたフルヴィッツ、アツダクを演じたブッシュの演技に、ブレヒトはBEの五年の歩みの成果を認めることができた。ただこの作品は亡命中に書かれたものであり、枠として使われているコルホーズ場面がユートピア的に描かれすぎているというようなズレは感じられる。

ブレヒトの後継者たち

ブレヒトが次の作品にベッヒァーの「冬の戦い」を選んだのは妥協ではなかった。ブレヒトは文学的な立場からはベッヒァーの理想主義的傾向を嫌っていたが、政治的には、徹底したラディカルな姿勢で共通点が多かった。東部戦線に従軍した理想主義的な青年ヘルダーが、次第にナチズムに疑惑を抱き始め、遂には軍の行き方に反抗して、最後に死刑を宣告されて自殺するという筋立ての「冬の戦い」は、それほど魅力のある作品とはいえないが、ブレヒトがあえてこの作品を取りあげたのは、DDRにおいてイデオロギー的にナチズムを清算することを主題にする作品が少なく、また敬遠されていたからである。新しい国家の中にナチズムの残滓《ざんし》を認めることはブレヒトにとって耐えがたいことであった。青年ヘルダーを演じたエッケハルト＝シャルは若手の中でもめざましい成長を遂げた。シャルはブレヒトの娘バルバラと結婚し現在もBEの中心俳優である。

演出家ではヴェクヴェルト（現在BEの総監督）とパリッチュがブレヒト的な意味の演出家に成長

した。この頃ヴェクヴェルトが抗日闘争を扱った「八路軍の黍《きび》」で、パリッチュが中国の古い地方劇「叭叭笑《ハーハーシャオ》」を自由改作した「大学者ウーの日」でデビューしているが、そこにもブレヒトの中国への興味が反映しているようだ（後者のためにブレヒトは「友人」という翻案詩を書いている）。演技的には軽快なセリフと身振りの追求が課題となった。「重厚で緩慢でもってまわった」ドイツの演劇芸術のイメージをうちこわそうとするブレヒトの意図のあらわれであろう。

多忙な日々

ブレヒトの最後の改作になった王政復古期のイギリス作家ファーカーの「太鼓とラッパ（鳴物入り）」（原題「募兵将校」）も軽快な演技が必要とされる。原作のスペイン王位継承戦役の時代はアメリカ独立戦争の時代に移された。戦場の英雄プルーム大尉は本国に募兵に帰ってきて、治安判事の娘に追いかけまわされ、最後には戦場で血を流すより持参金つきの結婚をする方が得策と悟って軍人を廃業する。銀行家に鞍《くら》変えする「三文オペラ」のメキースのようなものだ。植民地戦争のための募兵というテーマは暗に西独における連邦《ブンデスヴェーア》軍の設立（五五年一一月）を批判している。演出は改作協力者のベッソンが当たった。

五三年一〇月ショセー街に転居してからのブレヒトは、時間的には余裕ができたのに、まるで死期が迫ったのを予期したかのように厳格に時間を配分し、寸刻も惜しんで活動を続けた。BEの国際的名声が高まるとともに客演の機会も多くなり、五四年にはアムステルダムやパリに、五五年にはスターリン国際平和賞（受賞は五四年暮）受賞のためにモスクワへゆき、その直後パリで「コーカサス」を客演するというような多忙の日々が続いた。ブレヒトが最後に親しんだ女性は哲学者ハーリヒの妻で、BEの演出部で彼の秘書的な役割を勤めたイゾート＝キリアンであった。彼女はしばしばブレヒトを嫉妬させたらしい。ブレヒトにほとんど母性的な愛情で接し、彼の自由を認めていたヴァイゲルは、キリアンと親密になった若い演出部員に注意を与えたほどであった。この青年がのちにヴァイスの「マラ／サド劇」の演出家として有名になり、航空機事故で早逝したポーランド出身のスウィナルスキーである。「夏休み中劇場に残った座員へ」というブレヒトの詩は、キリアンに宛てたものである。

五四年秋のパリ協定による西独の主権回復、再軍備認可、その対抗措置としての東欧諸国による欧州安全保障会議とめまぐるしく動く政局のなかで、ドイツ統一の夢はますます遠のいた。ブレヒトはパリ協定反対のアピールを積極的に行ったが、五月には西独の主権が回復し、一方東欧八カ国の相互援助をはかるワルシャワ条約が成立し、東独は九月にソ連と主権回復協定を結んだ。米英仏は東独を承認せず、西独は東独を承認する国家とは外交関係をもたないと表明した。

こういう状況のなかでブレヒトは、五五年暮から、念願の「ガリレイ」の演出にとりかかった。彼は五四年七月にアメリカに残った息子のシュテファンの送ってきたオッペンハイマー調書を読み、この原爆の父の蒙った運命にガリレイに似た問題を認めていた。この事件は後にキップハルトの手で劇化されることになり、ブレヒトの提起した科学と権力という問題を改めて浮きあがらせるることになるのである。

五六年二月には、ミラノのピッコロ・テアトロが「三文オペラ」を上演する機会に一週間ほどミラノを訪れた。ストレーレルの演出は、時代を一九二〇年代に移し、作品を執筆したころのブレヒトをも批判的に見るという方向だったが、ブレヒトにはこの着想が大変気に入った。このミラノ行が彼の最後の旅になった。

ロートンとは全く異質のエルンスト＝ブッシュをガリレイにふった稽古は丹念に進められていったが、五月に流感で入院したあと、ブレヒトの健康はすぐれず、稽古も共同演出者エンゲルに委ねることが多くなった。だが彼はブコウに引き籠《こも》っても世界の政治情勢の動きにはたえず心を配り、ソ連の党大会でスターリン批判が始まるとその記録を念入りに調べていた。ブレヒトは以前から、主体性のない党御用作家とは違って、スターリンを無批判に讃美したりはしなかった。歴史的には革命の理念を現実化した功績は評価したが、一方では革命の生んだ暴君を批判した。ただし単純にスターリンを独裁者ヒトラーと同列に置くようなことはしなかった。死後に発表された政治寓話集「メィーティ（転機の書）」にはスターリンはニー＝エンという名で登場するが、これは否（ナイン）という句のアナグラムである。ここでは、一国社会主義、トロツキーとの対立、モスクワ裁判、個人崇拝などについての寓話がひじょうな含みをもって書かれている。ブレヒトがスターリンの死に際して述べた弔意も含みの多いもので、スターリン批判の時期になってもなんら変更の必要のないものだった。デッサウによって作曲されたカンタータ「黍の栽培」ではスターリンの名は、個人としてでなく、収穫の指導者として讃えられているだけである。

「僕には墓碑銘はいらない」

ブレヒトの最後の政治的発言は、西独の再軍備に反対して連邦議会に宛てた公開状であった。五五年にダルムシュタットで開かれた演劇討論でスイスの作家デュレンマットが「今日の世界を演劇によって再現することはもはや不可能ではないか」という挑発的な疑問を提起したのに対してブレヒトは、「この世界を変革可能なものと考えた場合にのみ」再現は可能だと答えた。この頃彼はベケットの不条理劇「ゴドーを待ちつつ」にいち早く興味を示し、改稿を試みているが、その基本姿勢は、人物の階級を規定し、人間の存在そのものがいつの時代にも不条理だという考え方と対決しようとするものだった。

ブレヒトの墓　右がブレヒト、左がヴァイゲルの墓石。東ベルリン、ドロテーン墓地

五六年の夏はBEはじめてのイギリス客演が計画されていたが、ブレヒトの健康はもはや同行を

許さなかった。八月六日にブレヒトは客演に出発する座員にメッセージを送り、一〇日には客演の配役変更に立ち会ったが、そこで狭心症発作に襲われ早々に劇場を去った。西独の出版業者ズーアカンプのすすめでブレヒトはミュンヘンの心臓専門医の診療をうけるため一四日の夜行で出発することになっていたが、その日の夕方から容態が急変し、六時頃には全く意識を失った。親しい友人たちが招かれた。高校時代の友人ミュラー＝アイゼルトも交えた医師団の努力も空しく、ブレヒトは一二時五分前に息をひきとった。

遺言で指示されたように、彼の遺骸は錫の棺に収められ、ショセー街の書斎から見下ろせるドローテーン墓地に、フィヒテとヘーゲルの墓に向きあって葬られた。埋葬は八月一七日の八時四五分に行われたが、国境で手まどったズーアカンプは埋葬に間に合わなかった。

五〇年代にブレヒトは「僕には墓石はいらない」という詩を残している。

　僕には墓石はいらない、しかしそれでも
もし君たちが僕のために必要だというなら
その墓石にはこう記していただきたい
「彼は提案した、われわれは
その提案を受けいれた」と、
こういう碑銘を記せば、われわれみんなが

讃えられることになる。

葬儀はブレヒトの意志通り簡素に行われたが、内輪の埋葬の後、自発的に墓に詣でる人がひきもきらず続いたという。一八日にはＢＥの仲間たちによって、ひそやかだが心のこもった劇場葬が行われた。

あとがき

最初のプランでは、ブレヒトの生涯と作品を分け、またブレヒトの死後の継承の問題にも触れるつもりだった。しかし生涯と作品を分けることができなかったのは、ブレヒトの作品が彼の生きた時代とそれほどぬきさしならない形で結びついていたからだと思う。私は以前に、戯曲作品の紹介だけに重点をおいた「ブレヒト——戯曲作品とその遺産」（紀伊国屋新書、絶版）を発表したが、そこでは伝記的な部分はほとんど省略してしまったので、本書ではまず伝記と作品解題のバランスを失しないように心がけてみた。結果的にみると今度は作品についての言及が少なすぎたような気がする。特に心残りなのは、ブレヒトの後継者たちによって、彼の果たせなかった仕事がどのように発展・修正・批判されているかという部分に触れることが、量的な問題から全く不可能になってしまったことである。

しかし繰り返し述べたように、われわれがブレヒトから学び受け継ぐものは、一切の現象をまず疑いをもってみることであり、ブレヒトという対象すらもその疑いから逃れることはできないのである。ブレヒトを聖典化し、それを状況の変わっている現代にそのままにもちこもうとすることは最もブレヒト的でない態度なのである。だがブレヒトをいかに変えるかという課題はブレヒト自身の中に求めることができるはずである。ブレヒトは「もしわれわれがシェイクスピアを変えられるならば、われわれはシェイクスピアを変えられる」という奇妙な文章を書いている。よく考えてみるとその含みがわかってくる。シェイクスピアを変えられるだけの確固たる立場をもたない人には変えられないという意味なのだ。同じようにわれわれもブレヒトを「変えうる」までになれば「変えられる」わけだが、ただそこまでブレヒトを学びつくすことはそう簡単ではない。私のブレヒトへのアプローチも、本来はブレヒト的な精神をいかに現代に生かしうるかという目的の前提としての試みのつもりである。だがブレヒトによってはじめて、演劇のみならず社会科学への目を覚まされたような私がそう簡単に彼を超えられるわけがない。

「後に生まれるものたちへ」という詩の中で、ブレヒトは、自分は非情な時代に生きなければならなかったから、後世の、自分よりはるかに人間的な時代に生きる人たちは、自分の生き方をみるとひどく残酷な人間と思うかもしれないが、それは時代が悪かったのだから大目にみてほしい、と望んでいるけれども、残念ながらわれわれは、いまだにブレヒトの考えたような「人間的」な時代に生きているとは思えない。

ブレヒトが異化によって目ざしたものは、一口にタテマエとホンネの矛盾といってもよく、ブレヒトのユートピアとは建前が本音になり本音が建前になるような時代のことであった。このように考えるならば、建前と本音などという言葉が消えぬ限り、ブレヒトの意義は失われないだろうし、後に生まれたわれわれにブレヒトの生きざまを批判する資格もないだろう。

ブレヒトの芸術は逆説的な「ユートピア志向の芸術」なのである。その過程として、ブレヒトが教えたのは、すべてにまず懐疑を抱いてみることであった。

西ドイツの元首相ブラントは、ノーベル平和賞受賞演説で、「今日ではただひとつの真理というものはなくあまたの真理があり、それゆえにこそ私は懐疑を信じる。懐疑こそ生産的なのだ。なぜならば、それは既成の事柄に疑問をなげかけるからだ」と言った。「懐疑こそ生産的」ということの句の背後に、わたしはブレヒトの偉大な影をみるような気がしてならない。

ブレヒト年譜

西暦	年齢	年譜	背景をなす社会的事件及び参考事項
一八九八		2月10日、アウグスブルクでブレヒト生まれる	3月、ドイツ、膠州湾を租借 4月、米西戦争 7月、ビスマルク死去
一九〇八	一〇	ギムナジウム入学	オーストリア・セルビアの関係が悪化
一四	一六	カスパー＝ネーアーと親しくなる	7月、第一次世界大戦おこる
一七	一九	ギムナジウム卒業。ミュンヘン大学入学（哲学部のち医学部）	ロシア二月革命 ロシア十月革命、ソヴィエト政府樹立
一八	二〇	召集され敗戦まで衛生兵として野戦病院に勤務 戯曲「バール」完成。詩「死せる兵士の伝説」	8月、日本、シベリア出兵 11月、ドイツ社民党のエーベルト政権を握る。皇帝ウィルヘルム二世、オランダに亡命。 11月、第一次世界大戦おわる 11月、オーストリア皇帝、退位
一九	二一	ミュンヘンでフォイヒトヴァンガーを知る 戯曲「夜うつ太鼓」（スパルタクス）	1月、ベルリンでスパルタクス団蜂起 1月、パリ講和会議

		女友達ビー（パウラ＝バンホルツァー）男児フランクを生む	3〜5月、バイエルン評議会共和国の成立と瓦解 6月、ヴェルサイユ講和条約調印 7月、ドイツ国民議会、「ワイマール共和国憲法」採択
一九二〇	二二	母、死去 ベルリンを訪れる	1月、国際連盟発足 3月、カップ将軍のクーデター失敗
二一	二三	再度、ベルリンに行き、作家ブロンネンを知る	11月、ワシントン軍縮会議
二二	二四	歌手マリアンネ＝ツォフと結婚 「夜うつ太鼓」ミュンヘンで初演 クライスト賞受賞	11月、ムッソリーニ、独裁権を獲得
二三	二五	娘ハンネ生まれる ベルリンで女優ヘレーネ＝ヴァイゲルを知る ミュンヘン小劇場の文芸部員となる 「都会のジャングル」初演	9月、関東大震災 11月、ヒトラーのミュンヘン一揆失敗
二四	二六	「エドワード二世の生涯」初演 ベルリン、ドイツ座文芸部員となる。ハウプトマン女史と知りあう ヴァイゲルが男児シュテファンを生む	4月、ドイツの賠償支払ドーズ案
二五	二七	「男は男だ」初演	4月、ヒンデンブルク、大統領に当選

一九二六	二八	マルクス主義の学習を始める 「家庭用説教集」の出版 ピスカートアの政治劇場に協力する	5月、日本、普通選挙法公布 10月、ロカルノ条約調印 7月、中国、北伐開始 9月、ドイツ、国際連盟に加盟
二七	二九	ヴァイルが「小マハゴニー」を作曲する マリアンネと離婚	12月、ソ連、第一次五か年計画の承認
二八	三〇	「三文オペラ」で画期的な成功を収める	8月、パリ不戦条約調印
二九	三一	ヘレーネ＝ヴァイゲルと結婚 「教育劇」の試みを始める ベンヤミンと知りあう	10月、ウォール街の株式市場大暴落。世界経済恐慌始まる
三〇	三二	オペラ「マハゴニー市の興亡」初演 「処置」が労働者グループと共同で上演される 南仏に療養に行く。「母」の改作。「三文訴訟」事件。娘バルバラ生まれる	1月、ロンドン海軍軍縮会議 11月、イギリス・インド円卓会議
三一	三三	マルガレーテ＝シュテッフィンと知りあう	6月、フーヴァー、モラトリアム宣言 9月、満州事変おこる 12月、スペイン、第二共和制成立
三二	三四	映画「クーレーワンペ」完成 ソヴィエトに旅行する	3月、満州国の建国 3月、ヒンデンブルク、大統領に再選

		コルシュにマルクス主義を学ぶ	ドイツ政情不安定。首相はブリューニング、パーペン、シュライヒァーと変わる
一九三三	三五	国会議事堂放火事件の翌日亡命。プラハ、ウィーンをへてチューリヒへ。バレエ台本「小市民の七つの大罪」上演のためパリへ デンマークのスヴェンボリに移住 女優ルート＝ベルラウを知る	1月、ヒトラー、首相となる 2月、国会議事堂放火事件 3月、ヒトラー、政権掌握 アメリカ、ルーズヴェルト大統領、ニューディール政策実施 日本・ドイツ、国際連盟を脱退 ドイツのユダヤ人迫害始まる
三四	三六	秋、ロンドンに旅行 「三文小説」	6月、ナチスの粛清事件 8月、ヒンデンブルク死去 10月、中国共産党軍の大西遷
三五	三七	モスクワに旅行 ドイツ市民権を奪われる パリの国際作家会議に出席 「母」上演のためアメリカへ	3月、ドイツ、再軍備宣言 10月、イタリア、エチオピアに侵略
三六	三八	アメリカより帰国 ロンドンの国際作家会議に出席 亡命者の雑誌「ことば」の編集を引き受ける 「まる頭ととんがり頭」初演	7月、スペイン内乱始まる 10月、ドイツ・イタリア枢軸結成 12月、西安事件

一九三七	三九	ルートとともにパリの国際作家会議に出席 「第三帝国の恐怖と悲惨」「カラールのおかみさんの鉄砲」初演	5月、チェンバレンの挙国一致内閣成立 7月、日中戦争おこる 9月、第二次国共合作 11月、日独伊防共協定成立
三八	四〇	「作業日誌」をつけ始める 「ガリレイの生涯」の執筆 「ユリウス＝カエサル氏の商売」	3月、ドイツ、オーストリアを併合 オットー＝ハーン、核分裂に成功 ミュンヘン協定により、チェコのズデーテン地方のドイツへの割譲決定
三九	四一	スウェーデンのリンディゲー島に移る 「肝っ玉おっ母とその子供たち」を執筆	3月、チェコスロヴァキアの解体 5月、ノモンハン事件 8月、独ソ不可侵条約調印 9月、第二次世界大戦おこる 11月、ソ連、フィンランド攻撃開始
四〇	四二	フィンランドのヘルシンキに逃れる。夏を作家ウォリヨキの領地マルレベークで送る 「プンティラ旦那と下男マッティ」「亡命者の対話」執筆。「セチュアンの善人」脱稿	4月、ドイツ軍、デンマーク・ノルウェーに侵入 6月、ドイツ軍、パリ占領。ペタン内閣降伏。自由フランス委員会設立
四一	四三	アメリカへのヴィザがおり、モスクワ経由でシベリアを横断し、ウラジヴォストックから汽船でアメリカへ亡命。マルガレーテ、モスクワで死去	4月、ドイツ軍、ギリシア・ユーゴに侵入 4月、日ソ中立条約調印

一九四二	四四	7月21日、サンペドロに到着 ハリウッド郊外のサンタ－モニカに住まう 「アルトゥロ＝ウイの抑えることもできた興隆」 「シモーヌ＝マシャールの幻覚」を執筆 映画「刑吏もまた死す」のシナリオ執筆	6月、独ソ戦始まる 8月、大西洋憲章発表 12月、太平洋戦争勃発 6月、ミッドウェー海戦で日本海軍潰滅 8月、スターリングラード攻防戦始まる
四三	四五	ニューヨークに旅行 ドイツ亡命人の協会成立をめぐってトーマス＝マンと不和となる	6月、フランス国民解放委員会結成 7月、連合軍、イタリア上陸 9月、イタリア、無条件降伏 11月、カイロ会談。テヘラン会談
四四	四六	亡命知識人団体「民主ドイツ委員会」設立 「コーカサスの白墨の輪」を執筆	1月、ソ連、東部戦線で大攻勢 6月、連合軍、ノルマンディー上陸 6月、ローマ、8月、パリ解放
四五	四七	「ガリレイの生涯」を改稿	2月、ヤルタ会談 5月、ドイツ、無条件降伏 7月、ポツダム宣言発表 8月、広島・長崎に原爆投下 8月、日本の降伏により、第二次世界大戦おわる 8月、ドイツ、英米仏ソに分割管理さる 10月、国際連合成立

一九四六	四八	チャールズ＝ロートンと「ガリレイ」の台本を制作する	ソ連占領区のドイツで共産党と社会党が合体し統一社会党（SED）結成 2月、ハンガリー、共和国宣言 6月、イタリア、共和国宣言 10月、ニュルンベルク裁判終結 10月、ブルガリア人民共和国成立
四七	四九	ワシントンで非米活動委員会に喚問される アメリカをあとにしてヨーロッパに戻る。まずチューリヒに飛ぶ。	1月、フランス第四共和制発足 2月、パリ平和条約調印 3月、トルーマン＝ドクトリン発表 5月、日本国憲法施行 6月、マーシャル＝プラン発表 12月、ルーマニア人民共和国成立
四八	五〇	チューリヒに仮寓を定める 「アンティゴネー一九四八」上演 「演劇のための小思考原理」 プラハをへて東ベルリンに行く	3月、ブリュッセル条約調印 4月、ソ連のベルリン封鎖 6月、米英仏占領区で通貨改革 6月、ソ連占領区で通貨改革 12月、世界人権宣言
四九	五一	東ベルリンでヴァイゲル主演の「肝っ玉おっ母」を上演 ベルリーナー＝アンサンブル結成	1月、コメコン設置を発表 5月、ドイツ連邦共和国成立 10月、ドイツ民主共和国成立

一九五〇	五二	芸術アカデミー会員となる ミュンヘンで「肝っ玉」を演出 「家庭教師」初演	10月、中華人民共和国成立 3月、世界平和擁護大会でストックホルム-アピール発表 6月、朝鮮戦争おこる 12月、西ドイツ再軍備決定 アメリカ、マッカーシー旋風
五一	五三	オペラ「ルクルスの審問」初演。改稿を命ぜられる 「海狸の外套」「放火」上演 「ヘルンブルク報告」 第一等国民賞受賞 世界平和会議に書簡を送る	4月、NATO軍発足 9月、サンフランシスコ講和条約、日米安全保障条約調印
五二	五四	ベルリーナー-アンサンブル、ワルシャワ客演 フランクフルトで「セチュアンの善人」を見る 「ルーアンのジャンヌ＝ダルク裁判　一四三一」を上演 ベルリン郊外のブコウにセカンド-ハウスを手に入れる	3月、ソ連、中立ドイツ構想を提案 11月、アイゼンハワー、大統領に当選
五三	五五	ローゼンバーク夫妻の死刑に関し、抗議文を送る 東西ペンクラブ会議で議長に選ばれる	3月、スターリン死去 6月、東ドイツで暴動おこる

		暴動事件についてウルブリヒトに親書を送る	6月、エジプト革命評議会、共和国宣言 6月、ローゼンバーク夫妻の死刑執行 7月、朝鮮休戦協定調印 8月、ソ連、水爆保有を発表 9月、フルシチョフ、共産党第一書記に
一九五四	五六	ベルリーナー-アンサンブル、シッフバウアーダム劇場を常打ち小屋として与えられる パリのフェスティヴァルで客演 「コーカサスの白墨の輪」初演 スターリン平和賞受賞	1月、米英仏ソ四国外相会議 5月、ホー＝チミン軍、ディエンビエンフー占領 7月、ジュネーヴ協定調印 10月、西側九か国会議
五五	五七	平和賞受賞のためモスクワに行く ハンブルクのペンクラブに出席 パリのフェスティヴァルでBEの客演 「ブコウ悲歌」	2月、SEATO発足 4月、アジア-アフリカ会議 5月、西ドイツ、NATOに加盟 5月、ワルシャワ条約調印 7月、米英仏ソ四国巨頭会談
五六	五八	「太鼓とラッパ」初演 「ガリレイ」の稽古にかかる 大学病院に入院 西ドイツの議会に再軍備反対の公開状を書く 8月14日、心筋梗塞のため死去	2月、スターリン批判 6月、ポーランドのポズナニで暴動 10月、ハンガリーの反ソ暴動 10月、スエズ戦争おこる

参考文献

●入門書・研究書など

「演劇研究」ブレヒト特集 ―― 俳優座演劇研究所 一九五九
『ベルト・ブレヒト――ある革命的芸術家の生涯』 菊盛英夫 ―― 白水社 一九六五
『ブレヒト――戯曲作品とその遺産』 岩淵達治 ―― 紀伊国屋書店 一九六六
『ブレヒト・ノート』 野村修 ―― 晶文社 一九六七
『ブレヒト――反抗と亡命』 菅谷規矩雄 ―― 思潮社 一九六七
『スウェンボルの対話――ブレヒト、コルシュ、ベンヤミン』 野村修 ―― 平凡社 一九七一
『反現実の演劇の論理』 岩淵達治 ―― 河出書房新社 一九七二
『中国服のブレヒト』 長谷川四郎 ―― みすず書房 一九七三
『ベルトルト・ブレヒト』 小宮曠三 ―― 風濤社 一九七三
『二十世紀の演劇』 千田是也 ―― 読売新聞社 一九七六
『ブレヒト――叙事詩的演劇の発展』 奥田賢・八木浩・吉安光徳篇 ―― クヴェレ会 一九八〇
『ブレヒト――政治的詩人の背理』 エスリン 山田肇・木檜禎夫・山内登美雄訳 ―― 白鳳社 一九六三
『ブレヒト演劇入門』 千田是也・岩淵達治編 ―― 白水社 一九六七
『ブレヒトの世界』 ドール（ドルト） 鈴木靖爾訳 ―― 勁草書房 一九六七
『ブレヒトと伝統』 ハンス＝マイヤー 好村富士彦訳 ―― 合同出版社 一九六九
『ベルトルト・ブレヒトと演劇』 イェーリング 岩淵達治訳 ―― 朝日出版社 一九七一

『ブレヒト』　ケスティング　内垣啓一・宮下啓三訳　―――　理論社　一九七一
『ブレヒト』（ベンヤミン著作集9）ベンヤミン　野村修ほか訳　―――　晶文社　一九七一
『ブレヒトの思い出』　ベンヤミンほか　中村寿ほか訳　―――　法政大学出版局　一九七三

●作品集

『ブレヒト戯曲選集』（五巻）千田是也編　白水社
『ブレヒトの仕事』（六巻）　河出書房新社
『ブレヒト演劇論集』（二巻）　河出書房新社
『ブレヒト演劇論』　小宮曠三訳　ダヴィッド社
『ブレヒト作業日誌』（四巻）　河出書房新社
『今日の世界は演劇によって再現できるか
――ブレヒト演劇論集』　千田是也訳　白水社
『ブレヒト・アイヒ』（世界文学全集グリーン版
Ⅲ―17）　河出書房新社
『ブレヒト』（世界の文学38）　中央公論社
『現代劇集』（世界文学大系85）　筑摩書房
『ブレヒト・ゼーガース』（世界文学全集）　講談社
『ブレヒト』（今日の文学1）　石黒英男訳　晶文社
『現代世界文学の発見2――危機に立つ人間』　学芸書林
『世界名詩集大成8　ドイツⅢ』　平凡社
『ブレヒト詩集』（世界現代詩集Ⅱ）　野村修訳　飯塚書店
『ブレヒト詩集』　長谷川四郎訳　みすず書房
『ブレヒト詩論集』　岩淵達治訳　現代思潮社
『三文オペラ』（岩波文庫）　岩波書店
『ガリレイの生涯』（岩波文庫）　岩波書店
『パリーコミューン』　岩淵達治訳　朝日出版社
『ブレヒト教育劇集』　千田・岩淵訳　未来社
『屠殺場の聖ヨハンナ』　岩淵達治訳　三修社
『暦物語』　矢川澄子訳　現代思潮社
『亡命者の対話』　野村修訳　現代思潮社
『コイナさん談義』　長谷川四郎訳　未来社
『ユリウス・カエサル氏の商売』　岩淵達治訳　河出書房新社
『転機の書』　八木浩訳　講談社

さくいん

【人名】

【作品・事項】

ブレヒト■人と思想64　　定価はカバーに表示

1980年12月15日　第1刷発行©
2015年9月10日　新装版第1刷発行©
2023年2月25日　新装版第2刷発行

・著　者 ……………………岩淵《いわぶち》　達治《たつじ》
・発行者 ……………………野村　久一郎
・印刷所 ……………………大日本印刷株式会社
・発行所 ……………………株式会社　清水書院

〒102-0072　東京都千代田区飯田橋3-11-6
Tel・03(5213)7151～7
振替口座・00130-3-5283
http://www.shimizushoin.co.jp

検印省略
落丁本・乱丁本はおとりかえします。

CenturyBooks

Printed in Japan
ISBN978-4-389-42064-2

CenturyBooks

清水書院の〝センチュリーブックス〟発刊のことば

近年の科学技術の発達は、まことに目覚ましいものがあります。月世界への旅行も、近い将来のこととして、夢ではなくなりました。しかし、一方、人間性は疎外され、文化も、商品化されようとしていることも、否定できません。

いま、人間性の回復をはかり、先人の遺した偉大な文化を継承して、高貴な精神の城を守り、明日への創造に資することは、今世紀に生きる私たちの、重大な責務であると信じます。

私たちがここに、「センチュリーブックス」を刊行いたしますのは、人間形成期にある学生・生徒の諸君、職場にある若い世代に精神の糧を提供し、この責任の一端を果たしたいためであります。

ここに読者諸氏の豊かな人間性を讃えつつご愛読を願います。

一九六六年

SHIMIZU SHOIN